MARIAMNE,

TRAGEDIE.

Par Monsieur l'Abbé NADAL.

Le prix est de 25. sols.

A PARIS,

Chez la Veuve de PIERRE RIBOU, vis-à-vis la décente du Pont-Neuf, à l'Image S. Loüis.

M. DCC. XXV.

Avec Approbation & Privilege du Roi.

A MONSEIGNEUR LE PRINCE DE VENDOSME.

ONSEIGNEUR,

La protection dont il vous a plû d'honorer ma Tragedie de Mariamne, n'a pas peu contribué à me calmer sur les premiers mouvemens de sa réception, & elle m'autorise aujourd'hui dans la liberté que je prens de vous en faire des remercimens publics.

Sorti du Sang de l'un de nos plus grands Rois, avec un naturel aussi beau que votre origine ; élevé à l'ombre du Trône, & à la source des lumieres & des sentimens ; formé dans le sein de la gloire, & des Arts ; dans cette longue habitude de voir & de sentir les beautés dans tous les genres : l'honneur de vos suffrages, MONSEIGNEUR, *& le prix de vos applaudissemens sont en faveur de Mariamne, des titres aussi respectables pour le Public que tous les grands avantages qui vous environnent.*

Je suis avec un tres-profond respect,

MONSEIGNEUR,

Votre très-humble & très-obéïssant serviteur l'Abbé NADAL.

PREFACE.

PLUSIEURS Perſonnes de conſideration dont je reſpecterai toujours les conſeils, ont bien voulu me faire entendre, que j'étois dans une obligation particuliere de faire imprimer ma nouvelle Tragedie, & de mettre ſous les yeux du Public, & dans le recueïllement d'une lecture, une Piece qui a été ſi fort défigurée par le deſordre qui en a troublé la premiere Repreſentation.

Perſonne n'ignore que le Parterre ne ſoit composé d'une infinité d'honnêtes gens, & de véritables Connoiſſeurs, dont la décision eſt digne de faire en partie la deſtinée des Pieces de Théatre. Mais il y a une portion de ce même Parterre qui met à la place du diſcernement & de la raiſon une partialité vile, & quelquefois vénale.

Je n'ai point traité un ſujet nouveau. La Mariamne de Triſtan a ſubſiſté long-tems ſur nos Théatres. Les fureurs d'Herode ont coûté la vie au célebre Mondori, l'un des plus grands Comédiens de ſon tems. De nouvelles bienſéances du Théatre que le libertinage peut-être y a ſeul introduites, ne nous ont plus permis d'y souffrir quelques personnages de la Piece de Tristan. Non que les mœurs de la plûpart des Spectateurs se soient épurées; mais il est arrivé, que par je ne sçai quelle bazarrerie, plus il y a de corruption dans le cœur, plus on est devenu délicat sur les expressions, & sur les images. Ce n'est point l'idée en soi qui doit blesser; mais l'imagination en mouvement la saisit, & la développe, & la malignité alors ne manque jamais de s'exalter. Peut-être même qu'en recherchant la méchanique de celles de nos Pieces qui ont eu le plus de succès, on trouvera que c'est en elles un fond de ce même libertinage qui produit dans la représentation je ne sçai quelle espece d'illusion & d'ensorcellement; & qu'elles ressemblent en quelque sorte à ces coquetes qui ne plaisent que par leurs défauts, & ne tirent leurs avantages que de leur infidélité.

Ces nouveautez dans nos Tragedies sont regardées par quelques uns comme des ressources de l'esprit humain, & des découvertes dans le merveilleux; mais je ne sçai au contraire s'il ne les faut point envisager comme des présages de quelque revolution dans les Lettres, & des avant-coureurs de la destruction du goût.

La famille d'Herode aussi-bien que celle d'Oedipe, a fourni des sujets susceptibles de tous les interêts capables de remuer l'ame du Spectateur.

Herode étoit un particulier que ses vices & ses vertus avoient placé sur le trône.

Mariamne une Princesse attachée à l'orgueil de sa naissance, & encore plus à sa douleur & à sa vertu, & qui n'a eu dans son parti que ses larmes & sa beauté.

Salome, sœur d'Herode est une de ces femmes artificieuses, & capables selon leurs vûës & leurs interêts de mettre dans une Cour orageuse toutes les passions en mouvement.

Quels caracteres n'a-t'on point par là à déployer sur la Scene ? Et sur quoi peuvent se fonder ceux qui traitent de détails de ménage, & d'affaires purement domestiques, les malheurs de la famille de Mariamne & l'extinction entiere de la race des Asmonéens, qui entroit dans le plan de la sagesse éternelle, comme une révolution des plus éclatantes & l'époque la plus marquée de l'exécution de ses décrets ?

Ceux qui sçavent l'histoire de Mariamne ont dû s'appercevoir que je ne me suis point écarté de la vérité, & que je n'ai point cherché à substituer à des évenemens consacrés, & qui portent leur dignité avec eux, les égaremens d'une imagination séduite par la nouveauté des idées.

Il ne faut aussi que la plus légere connoissance du Théatre, pour sentir que l'action dans ma Tragedie a toutes ses parties; que les mœurs & les caractéres y sont vrais; que tous les incidens y naissent du sujet, & que dans la liaison qui est entre eux, la gradation marche jusqu'à la fin.

C'est par cette raison que les traits de la partialité n'ont pû porter que sur quelques expressions, ou répetitions de mots; & que le fond de la Piece n'a pû être étouffé dans l'inattention, & dans le bruit, dont l'affectation étoit si sensible, sans qu'elle ait prévalu cependant sur l'excellence du jeu des principaux Acteurs, & sur tout de l'inimitable Actrice * dont les tons perçoient ce mur d'iniquité, & portoient au delà, avec la beauté & la magnificence de sa déclamation, tous les traits marqués, si j'ose le dire, & tous les sentimens dont la Piece est remplie.

Tout le monde étoit prévenu, longtems même avant la représentation de la Piece, sur l'horrible & scandaleuse cabale qui s'est élevée contre moi, & il n'y a personne qui ne l'ait sur tout attribuée à l'Auteur de la Mariamne qui tomba il y un an. Mais je n'ai pû m'empêcher de combatre moi-même toutes les preuves qu'on a voulu me donner d'une émulation de sa part si

* *Mademoiselle Duclos.*

éloignée des procedés d'un galant homme: je le crois trop bien né, pour chercher ses avantages hors de lui-même.

Est-ce ainsi que Neron sçait disputer un cœur?

Je ne puis à la vérité ne pas soupçonner à sa place un homme qui lui est intimement attaché, & qui est connu de tout le monde par la singularité de son personnage: c'est une espece de Facteur de bel-esprit, & de litterature; dépositaire de toutes les conceptions de cet Auteur, il en est devenu l'organe; il récite ses Pieces par tout, & affecte jusqu'aux inflexions de sa voix, il les porte dans toutes les ruelles, & va montrant, pour ainsi dire, sous le manteau le génie de M. Voltaire. C'est lui qui fait face aux contradictions, & qui essuye la vivacité de la critique: il reçoit également les loüanges; mais avec un embaras modeste, comme s'il cherchoit à insinuer qu'il eût part à l'ouvrage, il rapporte au logis les avis, & les observations du dehors, où il a, dit-on, le mot pour rire, & quelquefois aux dépens de son maître, comme les Valets dans les Comedies.

PRIVILEGE DU ROY.

LOUIS par la grace de Dieu, Roi de France & de Navarre : A nos amez & feaux Conseillers, les gens tenant nos Cours de Parlement Maîtres des Requêtes ordinaires de notre Hôtel, Grand Conseil, Prevôt de Paris, Baillifs, Sénéchaux, leurs Lieutenans Civils, & autres nos Justiciers qu'il appartiendra, SALUT. Notre bien amée la Veuve de PIERRE RIBOU, Libraire à Paris, Nous ayant fait supplier de lui accorder nos Lettres de Permission pour l'impression d'un petit Manuscrit qui a pour titre *Mariamne, Tragedie* du Sieur Abbé NADAL ; Nous avons permis & permettons par ces Présentes à ladite veuve Ribou de faire imprimer ledit Livre en telle forme, marge, caractere, conjointement ou séparément, & autant de fois que bon lui semblera, & de le vendre, faire vendre & débiter par tout notre Royaume pendant le tems de trois années consecutives, à compter du jour de la datte desdites Présentes : Faisons défenses à tous Libraires, Imprimeurs & autres personnes, de quelque qualité & condition qu'elles soient, d'en introduire d'impression étrangere dans aucun lieu de notre obéïssance ; à la charge que ces Présentes seront enregistrées tout au long sur le Régistre de la Communauté des Libraires & Imprimeurs de Paris, & ce dans trois mois de la datte d'icelles ; que l'impression de ce Livre sera faite dans notre Royaume & non ailleurs, en bon papier & en beaux caracteres, conformément aux Reglemens de la Librairie ; & qu'avant que de l'exposer en vente, le Manuscrit ou Imprimé qui aura servi de copie à l'impression dudit Livre, sera remis dans le même état où l'approbation y aura été donnée, es mains de notre tres-cher & féal Chevalier Garde des Sceaux de France le Sieur Fleuriau d'Armenonville, Commandeur de nos Ordres : & qu'il en sera ensuite remis deux Exemplaires dans notre Bibliotheque publique, un dans celle de notre Château du Louvre, & un dans celle de notredit tres-cher & féal Chevalier Garde des Sceaux de France le Sieur Fleuriau d'Armenonville, Commandeur de nos Ordres ; le tout à peine de nullité des Présentes : Du contenu desquelles vous mandons & enjoignons de faire joüir l'Exposant ou ses ayans cause pleinement & paisiblement, sans souffrir qu'il leur soit fait aucun trouble ou empêchement : Voulons qu'à la Copie desdites Présentes qui sera imprimée tout au long au commencement ou à la fin dudit dudit Livre, foi soit ajoûtée comme à l'original, Commandons au premier notre Huissier ou Sergent de faire pour l'execution d'icelles tous Actes requis & nécessaires, sans demander autre permission, & nonobstant Clameur de Haro, Charte Normande, & Lettres à ce contraires : CAR tel est notre plaisir. DONNÉ à Paris le huitiéme jour du mois de Mars l'an de grace mil sept cent vingt-cinq, & de notre Regne le dixiéme. Par le Roi en son Conseil.

CARPOT.

Registré sur le Registre sixiéme de la Chambre Royale des Libraires & Imprimeurs de Paris, Num. 195. fol. 162. conformément aux anciens Réglemens confirmés par celui du 28. Février 1723. A Paris le treize Mars mil sept cent vingt-cinq.

BRUNET, Syndic.

ACTEURS.

HERODE, Roi de Judée.

MARIAMNE, femme d'Herode.

ALEXANDRE, fils d'Herode & de Mariamne.

SALOME, sœur d'Herode.

SOESME, un des Seigneurs de la Cour d'Herode, & à qui il avoit confié le gouvernement de l'Etat, pendant son absence.

THARE'S, autre Seigneur de la Cour d'Herode & dévoüé à Salome.

ALCIME,
ACHAS, } Officiers Juifs.

PHOEDIME, Confidente de Mariamne.

ELISE, Confidente de Salome.

ASSISTANS au Sacrifice.

GARDES.

La Scene est à Jerusalem autrement dit Solyme dans le Palais des anciens Rois d'Israël.

MARIAMNE,

MARIAMNE,

TRAGEDIE.

ACTE I.

SCENE PREMIERE.

MARIAMNE, PHOEDIME.

PHOEDIME.

IL n'en faut plus douter, votre crainte étoit juste,
Madame. Un bruit s'épand qu'au Tribunal d'Auguste,
Herode en va subir l'inflexible rigueur.
Il attend son destin de l'arrêt du Vainqueur.
Le Ciel de vos malheurs veut terminer le nombre.
Le fier ami d'Antoine en va rejoindre l'ombre.
De ses plus affidés le visage interdit,
Leur trouble, leur silence, en un mot tout vous dit. .

MARIAMNE.

Que dis-tu là toi même? Arrête & considere
Que tout cruel qu'il est, sa gloire encore m'est chere.
De toute ma Famille il usurpa les droits,

Il s'affit fierement au Trône de ses Rois,
Et je sçai ce qu'il est, & combien je suis née
Au dessus de son rang & de son hymenée.
Mais tu n'ignores point combien a de pouvoir
Des femmes de mon Sang le severe devoir;
Que leur gloire attachée à la plus haute estime
D'un nœud mal assorti fait un droit legitime,
Asservit tous nos voeux à l'honneur d'un Epoux,
Phœdime, & la vertu n'a qu'un degré pour nous.
Mais pourquoi s'allarmer d'une crainte importune?
Et que ne peuvent point Herode & sa fortune?
Tu sçais comme accusé de forfaits éclatans,
Mon Ayeul le cita qu'il n'avoit pas vingt ans.
Il parut, mais en Juge, & non point en coupable:
D'un conseil jusqu'alors auguste & redoutable
Toute la Majesté devant lui s'avilit,
Et sur son Trône assis Hircan même en pâlit.
Croi-tu que de sa foi la victime lui même
Herode....mais enfin je ne vois point Soesme.
Ne m'avois-tu pas dit qu'il se rendroit ici,
Qu'il vouloit me parler?

PHOEDIME

Madame, le voici.

MARIAMNE.

Phœdime laisse nous.

SCENE II.

MARIAMNE, SOESME.

MARIAMNE.

Qu'avés-vous à m'apprendre
Soesme?

SOESME.

Un bruit fâcheux commence à se repandre.
Autour de ce Palais le peuple est consterné,
Et l'on dit . . . .

MARIAMNE.

Achevés.

SOESME.

Qu'Herode est condamné;
Que la haine d'Auguste à le perdre obstinée.

MARIAMNE.

Et du Roi sur ce bruit reglant la destinée
Jusques-là de son sort Soesme est incertain?
Lui qui partageant seul le pouvoir souverain,
Dans l'absence d'Herode, à ses ordres fidele
Nous tient mon fils & moi soumis à sa tutelle!

SOESME.

Eh! que puis-je sçavoir? Ses amis arrêtés,
De fidéles avis sans doute interceptés,
Ce païs tout rempli de partis, de cabales,
Tristes avancoureurs des discordes fatales,
Par qui des Souverains les droits mal assurés,
Mais qu'est-ce que je vois, Madame? Vous pleurés.

MARIAMNE.

J'ignore si parmi de confuses allarmes,
C'est foiblesse ou vertu qui m'arrache des larmes.
Je tremble du peril qui menace ses jours.
Mais mon ressentiment n'a point fini son cours.
Je m'afflige en secret quand ma haine est ouverte,
Detestant ses rigueurs je redoute sa perte,
Je devrois la poursuivre, & rapellant mes droits
Faire de mes malheurs la querelle des Rois;

Dans ma vengeance même interesser Auguste.
Mais je la crains autant qu'elle me paroît juste.
O d'une ame accablée imprudent entretien !
Je me plains qu'aujourd'hui le Ciel me sert trop bien.
Sors plûtôt de mon cœur imperieux scrupule.
Qu'en l'éternelle nuit mon frere Aristobule,
Qu'Hircan jusques à moi, que tant d'autres proscrits
Du fond de leurs Tombeaux élevent mille cris ;
Qu'ils rallument ma haine, aussi bien le perfide
Ne mettroit point de borne au courroux qui le guide.

SOESME.

Vous dites vrai, Madame, & quel que soit son sort,
Vos malheurs ne sont point terminés par sa mort.
Quelle foule de maux la jalousie entraîne ?
L'amour est quelquefois plus cruel que la haine,
Et je n'en puis douter.

MARIAMNE.

Où tendent ces discours ?

SOESME.

Peut-être j'en devrois interrompre le cours.
Je devrois vous cacher ces mouvemens, Madame,
Que ma gloire indignée éleve dans mon ame.
Moi que foulant aux pieds vertus, graces, beauté,
Je puisse jusques-là servir sa cruauté !
Ah ! qu'éloigné d'entrer dans son projet barbare
Mon cœur...

MARIAMNE.

Dans quels transports votre zele s'égare
Soesme ?

SOESME.

Cet aveu sans doute est peu discret,
Mais, Madame, apprenés un terrible secret.

Dans toute sa fureur reconnoissés Herode.

MARIAMNE.

Expliqués - vous.

SOESME.

Avant que de partir pour Rhode,
Et tout sanglant encore au sortir du combat,
Je remets dans tes mains les rênes de l'Etat,
Me dit-il ; je fais plus. A ta garde, Soesme,
Je laisse un bien pour moi plus cher que l'Etat même.
C'est la Reine, ce sont tous ses divins appas.
Sers mes jaloux transports par delà mon trepas.
Si le destin permet qu'Auguste me condamne ;
S'il ordonne ma mort, des jours de Mariamne ;
Cher Soesme, aussitôt tranche le cours fatal
Affranchis mon amour du bonheur d'un Rival.
Mon ame sans horreur ne conçoit point l'idée
Que dans les bras d'un autre elle en soit possedée.
J'exige de ta foi cet effort éclatant.
Je pars, sûr de ton zele, & je mourrai content.

MARIAMNE.

Et qu'est-ce qu'a produit ce discours sur votre ame?
Que lui promîtes-vous ?

SOESME.

Je promis tout, Madame.
A cet ordre cruel tout sembloit m'asservir,
Et je ne l'acceptai que pour mieux vous servir.

MARIAMNE.

Jusques-ici comment avés-vous pû vous taire ?

SOESME.

Je cacherois encor ce funeste mystere,
Mais si le Roi n'est plus, Madame, j'ai jugé

MARIAMNE,

Que du même ordre un autre est peut être chargé,
Et j'ai besoin de vous contre cet entreprise.
Le Ciel seul sçait l'ardeur dont mon ame est éprise.
Heureux ! si dans ce jour vous observant de près,
De tout autre complot j'écarte les apprêts.
Sans doute un droit sacré degage ma promesse.
Mais Alexandre vient, Madame, je vous laisse.
Ne blâmés point mon zele, & daignés recevoir
Pour garands de ma foi vos pleurs & mon devoir.

SCENE III.

MARIAMNE, ALEXANDRE.

MARIAMNE.

Mon Fils vient. S'il se peut, renfermons dans mon ame
Le trouble dont je suis agitée.

ALEXANDRE.

Ah ! Madame,
Permettés que mon cœur percé de mille traits
Vienne dans votre sein repandre ses regrets.
Mon Pere n'est donc plus ? La fortune ennemie
En retranchant ses jours les couvre d'infamie ?
Ainsi le Sang des Rois ne se respecte plus.
D'Auguste tant vanté sont-ce là les vertus ?
Jusques-là soüille-t'il la gloire de ses armes ?
J'entrevois vos conseils, & je sens que vos larmes
Réchauffent dans mon cœur ces fiers ressentimens
Qu'une vengeance illustre irrite à tout moment ;
Q i'enfin tout doit ceder aux douleurs que j'éprouve.

MARIAMNE.

Calmés, mon Fils, calmés un transport que j'approuve

Moi-même encor du Roi j'ignore le destin :
On n'a fait de sa mort qu'un rapport incertain,
Que sçais je ? plus heureux il respire peut-être.
Mais Auguste est vainqueur, respectés un tel maître.
Peut-être un jour mon Fils vous en aurés besoin.
Ne poussés point ici vos mumures plus loin.
Et qui sçait si l'effort d'une main sanguinaire....

ALEXANDRE.

Ciel!

MARIAMNE.

Mon Fils, votre aspect me rappelle mon Frere.
La nature se joue en de vivants portraits.
Il étoit votre image, ou vous avés ses traits.
Les graces, la douceur des vaillans Macabées
Brilloient encore en lui du Ciel même tombées.
Que sa tête charmante, & sa noble pudeur
De sa Tiare encor relevoient la splendeur !
Quand sur ses pas en foule accouru dans le Temple,
Avec avidité le peuple le contemple,
Et qu'il admire en lui le reste de ses Rois.
Ce fut pour la premiere, & la derniere fois.
Helas ! de ma maison j'ai vû tomber la gloire.
Ce jour, ce cruel jour frappe encor ma mémoire,
Où plongé dans les eaux par de perfides mains,
A peri devant moi le plus cher des humains.
L'horreur sur son visage est tout à coup empreinte,
Et de ses yeux ouverts la lumiere est éteinte,
Il n'offre plus qu'un corps meurtri, defiguré
Le Temple en fut émû, le voile déchiré,
Le Ciel gronda, le jour se couvrit de nuages,
Et le Jourdain sanglant inonda ses rivages.

ALEXANDRE.

Ciel! où votre douleur va-t-elle s'égarer ?
Quel souvenir encor vient de vous déchirer ?

Oubliés les malheurs de votre auguste Race.
Songés aux maux presens, & qu'une autre disgrace
Assaillit votre cœur déja trop abatu,
Et plus cruelle encor s'offre à votre vertu.
Mon ame à ce transport ne s'est point attendue.
He quoi ! vous ne pouvés detourner votre vûë
Des objets éloignés qui viennent vous frapper,
Quand l'interêt d'un Fils doit seul vous occuper ;
Ciel ! à qui dans mes maux faut-il que je m'adresse?

MARIAMNE.

Mon Fils vous devés mieux juger de ma tendresse.
Ne me condamnés point. Vous sçaurés tôt ou tard,
Ce qui cause mon trouble & d'où ma douleur part.
Mais sçachons quel avis Phœdime nous apporte.

SCENE IV.

MARIAMNE, ALEXANDRE,
SALOME, PHOEDIME.

PHOEDIME.

MAdame, j'ai laissé Salome à votre porte;
Pour vous en informer je devance ses pas.

MARIAMNE.

Tu peux la prevenir, je ne la verrai pas.
Tu ne connois que trop l'accueïl qu'elle merite,
Tu sçais jusqu'à quel point sa presence m'irrite.
Voudrois-tu dans mon trouble, avec un nouveau soin,
De ses perfides pleurs me rendre le témoin ?
Phœdime jusques-là je ne puis me contraindre;
A[illegible]s, mon Fils, rentrons.

PHOEDIME.

Ah ! que j'ai lieu de craindre
D'un mépris trop marqué les retours éclatans.

SCENE V.

SALOME, PHOEDIME, ELISE.

PHOEDIME.

LA Reine s'est soustraite à nos yeux.

SALOME.

à part.

Je t'entens.
Je sçai de ses chagrins la cause deplorable,
Et prendrai pour la voir un moment favorable.
Mais qu'elle sçache au moins que dans mes deplaisirs,
Je venois joindre ici mes pleurs à ses soupirs,
Et dans le bruit public d'un changement funeste,
De mes foibles secours offrir tout ce qui reste.

PHOEDIME.

Madame, c'est assès.

SCENE VI.

SALOME, ELISE.

SALOME.

DE tes cruels mépris
Avec usure encor je te garde le prix,

Reine trop orgueilleuse, & tu vas me connoître.
As tu cru qu'à l'outrage insensible peut être,
Esclave comme une autre, & timide à mon tour,
De ta vaine amitié j'attendrois le retour,
Briguerois ta faveur ? Avec quelle insolence
Tu m'as fais mille fois rougir de ma naissance ?
Si la splendeur du sang n'est point donnée à tous,
La gloire pour le moins ne depend que de nous ;
Elle éleva mon Frere au Trône de Judée.

ELISE.

Que dites-vous, Madame? Et quelle est votre idée?
Quel tems votre courroux prend-il pour éclater ?
Dans quels perils vous même allés-vous vous jetter?
Si le Roi ne vit plus, que devient votre haine ?
Et pouvés-vous douter qu'Alexandre, la Reine,
Ne trouvent bientôt grace auprès de l'Empereur?

SALOME.

Elise, il en est tems, sors toi-même d'erreur.
Au gré de mes desirs aujourd'hui tout conspire,
Herode vit encor. Mais c'est peu qu'il respire,
Les soupçons devant lui d'abord sont disparus,
Sa gloire est confirmée & ses honneurs accrus.
Que te dirai-je encor? Soit prudence, ou caprice,
Le Roi doit à Cesar offrir un sacrifice.
C'est ce qu'en arrivant lui-même il s'est promis
De tout ce grand pouvoir entre ses mains remis.

ELISE.

Et de quel œil, ô Ciel ! le peuple, Mariamne,
Vous même verriés-vous cette Fête prophane,
Et d'un Roi de Juda quel peut être l'objet ?

SALOME.

Arrête. C'est surquoi je medite un projet
Dont je ne t'ose encor confier l'importance.

ELISE.

Madame ce succés passe votre esperance.
Puissent vos ennemis bientôt être écartés.
Mais parmi ces honneurs, & ces prosperités
Dit-on pourquoi Cesar avec tant d'avantage...

SALOME.

Tharés qui me l'écrit n'en dit pas davantage.

ELISE.

Tharés! & depuis quand servant vos interêts,
Madame, est-il admis jusques dans vos secrets?

SALOME.

De tous mes Confidens connois le plus fidele,
Il attend que ma main couronne un jour son zele,
C'est ce qu'adroitement je lui laisse esperer,
Non que la sienne enfin pût me deshonorer;
Sa naissance est illustre; il est fils de Tadée
Qui sous le vieux Hircan gouverna la Judée.
Enfin hier en secret j'en reçûs un Exprés,
Il m'apprend son depart, & qu'Herode de prés
Sur ses pas....

ELISE.

Et d'où vient qu'un bruit si peu fidele....

SALOME.

C'est moi qui de sa mort ai semé la nouvelle.
De mes desseins secrets mes amis informés
Pour tout autre ont tenu les passages fermés.
Ainsi de tous les bruits me rendant la Maîtresse,
Je n'en repands aucun qu'autant qu'il m'interesse,
J'ai voulu m'appuïant par de feintes douleurs
Frapper tous les esprits & sonder tous les cœurs,
Et dans tous mes projets toujours plus affermie,

A l'aide de ses soins, perdre mon ennemie,
Je rends à son orgueil tous les maux qu'il m'a faits.
Toi! d'un rapport menteur admire les effets.
Vois au bruit d'une mort à peine divulguée
Les divers mouvemens d'une Cour intriguée,
D'un Peuple factieux les differens partis
Et de tant d'interêts les nœuds mal assortis.
De ce trouble commun je vois ce qui peut naître.
Que de moïens ouverts à qui les sçait connoître!
J'en ai besoin, Elise, on peut l'imaginer,
Quand sous le nom d'autrui nous voulons gouverner.
Maudite ambition! gloire bien importune!
Vils esclaves des Rois, & de notre fortune,
Et victime à la fin d'un Etat en courroux,
Le repos n'est point fait ni pour eux, ni pour nous.
Mais on vient. C'est Tharés.

SCENE VII.

SALOME, THARE'S, ELISE.

THARE'S.

DAns mon impatience,
J'ose jusqu'en ces lieux chercher votre presence,
J'avois couru, Madame, à votre appartement.

SALOME.

C'est mal choisir le lieu, Tharés, & le moment,
Toutefois parlés-moi. Le jour qui nous éclaire
A ses peuples surpris va-t'il rendre mon Frere?

THARE'S.

Si du depart du Roi je compte les instans,
Dans une heure au plus tard vos vœux seront contens.

Bien

Bien-tôt dans ces transports l'amour & la nature ...

SALOME.

Racontés-moi, Tharés, cette illustre avanture.
Mais quoique seuls, songés que ces murs aujourd'hui...

THARÉS.

Herode a vû Cesar & tout l'Empire en lui :
Aux pieds du Trône où tout disparoît à sa vûë,
Et du Peuple & des Rois la foule est confonduë,
Sa gloire l'environne, & jette au loin l'effroi.
Jusqu'au bout, lui dit-il, Cesar écoute moi.
J'aimois Antoine, & j'eus cette douleur profonde
De voir qu'il prétendoit à l'Empire du monde
Sans pouvoir le servir que de mes seuls tresors.
L'Arabe ouvroit la guerre, & m'occupoit alors.
Que n'ai-je, ajoûta-t-il, aux dépends de ma vie
Vû d'un si digne ami la gloire mieux servie ?
Et dans tous ses projets si noblement conçûs
Pû lui rendre les biens que j'en avois reçûs ?
Ah ! lorsque d'Actium la fatale journée
Fut d'Antoine éperdu trahi la destinée,
Il ne put m'accuser de m'être démenti,
Ni qu'ayant lâchement delaissé son parti,
A quelque espoir ailleurs mon ame fût ouverte :
S'il eût cru mes conseils il prévenoit sa perte,
Jusques-là que mon zéle armé d'un noble effort
De Cleopatre osa lui proposer la mort ;
Et que quoiqu'il l'aimât jusqu'à l'idolâtrie,
Il fit ce sacrifice à Rome, à sa Patrie,
S'emparât de son Trône, & que sûr de ma foi
Il se mit en état de te donner la loi.

SALOME.

Mon ame à ce recit demeure encore troublée,

THARE'S.

Un murmure s'éleve en toute l'assemblée
Cesar sur tout frappé de ces traits hazardeux
Attira les regards partagés entre eux deux,
Et chacun sur son front crut lire sa vengeance.
Soit surprise, ou respect il garda le silence.
Le Roi n'en montra point un air embarassé.
Si sans égard, dit-il, à ce qui s'est passé,
Si t'imposant toi-même un oubli magnanime,
Un ami tel que moi merite quelque estime,
Ose en faire l'épreuve, & si nous terminons
Il ne faut que changer les objets & les noms.
Je n'ai qu'à mettre Auguste, & sa gloire à la place,
Et la même amitié conduira mon audace.
Par ma reconnoissance augure de ma foi,
Cesar, cet offre est digne & de Rome & de toi.

SALOME.

Tel se montre un grand cœur que le revers éprouve.

THARE'S.

Dans ces hauts sentimens Auguste se retrouve,
Et parmi les transports d'une noble pitié
D'Herode dans ses bras accepta l'amitié.
Voilà comment ce Prince heureux, & sans bassesse
A calmé de Cesar la fureur vangeresse.
Mais Madame, songés à l'aller recevoir.

SALOME.

La Reine va sur lui reprendre son pouvoir
Sans doute.

THARE'S.

Epoux jaloux, Amant toujours fidele,
Son cœur impatient n'est occupé que d'elle.

SALOME.

Vous ſçavez entre nous quels projets concertez,
Tharés, & quels ſermens par la gloire dictés,
Doivent unir nos cœurs, nos interêts.

THARE'S.

Madame,
Avec le même eſpoir, même zele m'enflâme.
Fidele à ſeconder vos deſſeins glorieux....

SALOME.

C'eſt aſſez; mais ſur tout ôtons-nous de ces lieux.

Fin du premier Acte.

ACTE II.

SCENE PREMIERE.

MARIAMNE, ALEXANDRE.

ALEXANDRE.

AH ! du moins attendez qu'un avis plus fidele,
De la mort de mon pere assûre la nouvelle,
Madame, & jusques là suspendez vos douleurs ;
Que l'intérêt d'un fils....

MARIAMNE.

Hélas ! tous mes malheurs
Ne sont connus, mon Fils, que du Dieu que j'implore ;
Mais Phœdime à mes yeux ne s'offre point encore.
Ciel ! quels sujets d'effroi pour mon cœur agité ?
Une Cour disparuë, un Palais deserté,
Le Peuple qu'en ces murs un nouveau trouble excite,
Et qui de tous côtez vole, & se précipite ;
Les airs qui de ses cris retentissent par tout ;
Solyme en mouvement de l'un à l'autre bout,

La nouvelle, mon fils, n'est que trop affermie,
Votre pere est proscrit. Enfin notre ennemie
Execute un projet dès longtems medité,
Le Sceptre de Juda vous est peut-être ôté.
Le sang d'Antipater. . .

ALEXANDRE.

Ah! quoiqu'on ose attendre,
Le Fils de Mariamne a seul droit d'y prétendre.
D'un autre hymen mon pere avoit subi la loi.
Mon frere est fils d'Herode, & je suis fils du Roi.
Je vais aux yeux des Juifs, dans ce malheur funeste,
Des grands Asmonéens présenter quelque reste;
Où mon sang, s'il le faut, dignement répandu
Leur prouvera bientôt que j'en suis descendu,
Et que loin de soüiller la gloire de leur race . . .

SCENE II.

MARIAMNE, ALEXANDRE, PHOEDIME.

PHOEDIME.

Madame, votre sort va prendre une autre face.
Déja j'ai vû Tharés, & bien tôt dans ces lieux
Herode va paroître encore plus glorieux.

MARIAMNE.

Ciel!

PHOEDIME.

De ses grands destins le cours toujours prospere

MARIAMNE.

Herode vit encore!

ALEXANDRE.

Le Ciel me rend mon Pere ?

PHOEDIME.

Non loin de nos remparts il a dit-on paru,
Au-devant de ses pas tout un peuple a couru,
Soesme ma chargé d'en informer la Reine.
Tout part, & chacun suit l'exemple qui l'entraîne,
De divers sentimens se laisse penetrer.
Il en est tems. Venés vous-même vous montrer.

MARIAMNE.

Phœdime, laisse-moi, sans-plus t'en rendre compte,
Dans l'ombre aller cacher ma douleur, & ma honte,
Ne peux tu pas toi-même assés te rappeller
Ce qui doit de ses yeux pour jamais m'exiler ?
Et sans te découvrir jusques où va sa rage,
Toi même tu peux voir par quel nouvel outrage
Le Roi dans ses desseins m'ôte le moindre jour ;
Il me laisse ignorer sa vie & son retour,
Et d'un peuple insolent m'expose à la risée.
A l'ombre de mon Trône encor plus méprisée.

ALEXANDRE.

Ah ! ses ordres sans doute ont été mal suivis.
De son retour, Salome interceptant l'avis,
La cruelle a joüi de votre inquietude.
Interrogés Tharés dans cette incertitude.

MARIAMNE.

Hé bien, va le trouver, Phœdime ; en ce moment,
Et dis-lui qu'il m'attende en mon appartement.

Phœdime sort.

Je connois votre Pere, & sur son injustice,
Ai-je besoin, mon fils, qu'un autre m'éclaircisse ?
De tous mes droits, ainsi perfide ravisseur

Il m'abandonne en proye à l'orgüeil de sa sœur.
Mais puisque ma vertu devient mon seul azile....

ALEXANDRE.

Je ne puis vous entendre avec un cœur tranquille,
Madame, ç'en est fait, ou daignés-vous calmer,
Ou pour votre querelle, enfin je vais m'armer.
C'est trop vous voir plongée en des ennuis si sombres.
Vos cris de vos ayeux ont évoqué les ombres,
Et leur plainte mêlée à votre desespoir
Par votre bouche ici m'annonce mon devoir.

MARIAMNE.

Gardés-vous de confondre, & ma cause & la vôtre.
Je sçai quel nœud sacré nous unit l'un & l'autre.
Mais songés bien qu'un Pere est aussi votre Roi,
Et laissés l'Eternel, Juge entre Herode & moi.
Sa gloire autant que lui, mon fils, vous interesse;
Au-devant de ses pas montrés votre allegresse.
Allés, & ménageant de puissans interêts,
Dans ses embrassemens oubliés mes regrets.

SCENE III.

ALEXANDRE, seul.

O Vertu que j'admire! ainsi donc la nature
Ne permet à mon cœur ni plainte ni murmure,
Ses plus chers interêts opposés tour à tour,
A mes ressentimens ne laissent aucun jour?
J'entens du bruit. On vient. Partons. C'est trop attendre.

SCENE IV.

HERODE, ALEXANDRE, SOESME, THARE'S, ALCIME, *Suite du Roi, Gardes.*

HERODE.

Ciel ! je respire enfin. Mais que vois-je, Alexandre ?

ALEXANDRE.

Souffrés, Seigneur, souffrés.....

HERODE.

Dois-je vous embrasser ?
Mon Fils, & pouvés-vous si peu vous empresser,
Pour me rendre un devoir qu'exige ma tendresse ?

ALEXANDRE.

Ah ! Seigneur, est ce à moi que ce discours s'adresse ?
Permettés moi plûtôt de me plaindre à mon tour.
A peine en ce moment j'apprens votre retour,
Que n'avés-vous pu voir dans nos justes allarmes
Le trouble de la Reine ; & le cours de mes larmes ?
Ce Palais de nos cris doit encor retentir ...

HERODE.

De ma presence allés vous même l'avertir,
Et l'embrassant pour moi, dites à l'inhumaine,
Que pour elle en ces lieux l'amour seul me ramene ;
Dites lui que je mets au bonheur de la voir
Ma plus chere esperance, & mon premier devoir ;
Que je viens à ses pieds par un retour bien juste

Déposer les honneurs que j'ai reçûs d'Auguste,
Et qu'il sembloit lui-même en secret combatu
Refuser à ma cause, & rendre à ma vertu.
Je n'ai point oublié ni mon rang ni ma gloire.
Rome de ma fierté gardera la mémoire.
En parlant aux Romains, à ce Peuple de Rois,
Pour excuse à Cesar j'ai donné mes exploits.
Mais dans l'impatience où mon amour me livre,
Je ne vous retiens plus, & vais bientôt vous suivre.

SCENE V.

HERODE, SOESME, THARE'S, ALCIME, *suite du Roi, Gardes.*

HERODE.

Alcime, prenés soin d'assembler le Conseil,
Et vous Tharés, qu'au Temple un pompeux appareil
En l'honneur de Cesar annonce un sacrifice:
Je lui dois des Autels. A ce pieux office
Appellés de ma part les Pontifes Sacrés.
Ne perdés point de tems. Soesme demeurés.

SCENE VI.

HERODE, SOESME.

HERODE.

Viens-je éprouver ici ta faveur ou ta haine,
O Ciel? approche, Avant que d'entrer chez la Reine,

Soesme, j'ai voulu te parler un instant.
Il doit te souvenir dequel ordre en partant
J'ai sçu charger pour moi ton amitié sincere.
Cet ordre à mon repos devenoit nécessaire;
Le Ciel n'a pas voulu qu'il fût executé,
Il a servi mes vœux. Mais je me suis flaté
Qu'un mystere éternel cacheroit à la Reine
Ces dangereux excès où mon amour m'entraîne.

SOESME.

Puis-je entendre, Seigneur, avec tranquilité
Un discours .... doutés-vous de ma fidelité?

HERODE.

Je crois qu'à tes devoirs rien ne peut te soustraire.
Loin de te soupçonner, je rends grace au contraire
A tes yeux surveillans, à tes soins assidus,
Sans qui mes sens peut-être à toute heure éperdus
N'auroient pû soûtenir les rigueurs d'une absence...

SOESME.

Je sçai ce qu'aux dépens souvent de l'innocence
Peut soupçonner un cœur trop plein de son amour;
Quels mouvemens divers l'agitent tour à tour;
Que souvent le jouet de sa fureur extrême,
On n'a dans ses soupçons de rival que soi même.
Mais que dis-je? Seigneur, un Heros tel que vous
Se livre rarement à ces transports jaloux.

HERODE.

Soesme, tu dis vrai. Je ne suis point injuste.
Mais pendant le séjour que j'ai fait chez Auguste,
Que faisoit Mariamne? & de quels soins divers?

SOESME.

Seigneur, sans cesse aux pleurs j'ai vû ses yeux ouverts.

HERODE.

Et ce sont là ces pleurs dont l'ingrate m'opprime,
Dont toujours mon amour lui devroit faire un crime.
Le souvenir des siens bien plus cruels que moi
L'accompagne en tous lieux, & la remplit d'effroi,
Et toujours sur mon cœur rachetant ses allarmes,
Jusqu'au lit d'un Epoux elle porte ses larmes;
Consume en vains regrets tous ses jours les plus beaux,
Et son esprit sans cesse erre autour des tombeaux,
Se repaît de leur cendre; est-ce donc là qu'éclate
Cette austere vertu dont se pare l'ingrate?
Au rang de ses devoirs met elle ses mépris,
Et de mes feux ardens est-ce là tout le prix?

SOESME.

Vous le sçavés, Seigneur, sur tout ce qui vous touche
La verité toujours a parlé par ma bouche.
Votre repos m'est cher, il est tems d'en joüir.
L'éclat de votre regne a sçû tout éblouir.
Mais le doux soin de plaire est une autre science.
Moins d'amour s'il se peut, & plus de confiance.
Que ne peut point l'estime? & c'est n'en point marquer
Que de croire toujours qu'on puisse nous manquer.
L'honneur est orgueilleux dans le cœur d'une femme.
Sur tout, Seigneur, sur tout daignés fermer votre ame
A ces traits qui souvent avec art détachés
Servent nos interêts sous d'autres noms cachés.
Bannissés vos soupçons, & vous devés m'en croire.
La vertu de la Reine égale votre gloire,
Egale sa beauté qui paroît à nos yeux,
Comme aux vôtres, Seigneur, le chef-d'œuvre des Cieux.

HERODE.

Oüi, je sens croître encore le beau feu qui m'enflâme.
J'en croirai tes conseils, cher Soesme, & mon ame
Va sur ton amitié fonder tout son bonheur.
Entrons. Mais quelqu'un vient.

SOESME.

C'est la Reine, Seigneur.

SCENE VII.

HERODE, MARIAMNE, ALEXANDRE, SOESME, PHOEDIME, *Suite de Mariamne.*

HERODE.

CIel! qui la viens d'orner d'une grace nouvelle
Inspire-lui pour moi ce que je sens pour elle.

MARIAMNE.

Quelle affreuse contrainte? & que veut-on de moi!

HERODE.

Divine Mariamne est-ce vous que je voi?
Craignés-vous ma presence? O Ciel! le puis-je croire?

MARIAMNE.

Joüissés à loisir, Seigneur de votre gloire,
Des dépoüilles d'Antoine, & laissés-moi mes pleurs.

HERODE.

Ah! que vous me percés de mortelles douleurs.

Mais

Mais la plainte sied mal, lorsqu'après tant d'allarmes,
A mes desirs brûlans le Ciel rend tous vos charmes,
Madame, & rien ne peut troubler dans ce moment
La douceur que je goûte en cet embrassement.
Peut-être à mon Fils seul je dois votre presence.
Je vous sai gré pourtant de cette complaisance.

MARIAMNE.

Que parlés-vous de plainte? & sur quoi fondés-vous
Seigneur, ce dernier trait d'un injuste courroux?
Est-ce que sous vos loix comme une autre rangée,
A toute heure, en tous lieux, de témoins assiegée
De vos ordres pressans j'ai voulu m'affranchir?

HERODE.

Hé quoi! votre courroux ne peut-il se fléchir?
Quand la gloire m'éleve au dessus de l'envie,
Quel chagrin domestique empoisonne ma vie?
Te dois-je quelque grace, ô Ciel! pour tes bienfaits,
Si mes plus chers desirs ne sont point satisfaits?
Ou reprends des faveurs dont l'éclat m'importune,
Ou réunis pour moi l'amour, & la fortune:
L'un me manquant, je suis de tous les deux trahi,
Que servent tant d'honneur si j'en suis plus haï.
Si dans le cours pompeux d'une gloire si grande
L'ingrate Mariamne en rejette l'offrande;
Si sa rigueur toujours cherche à me déchirer,
Et si dans ses bras même il me faut soupirer?
Songés-vous quel lien nous unit l'un & l'autre?
Vous troublés mon repos, même au dépens du vôtre,
Et lorsque tout s'empresse au-devant de mes pas,
Mes yeux vous cherchent seule & ne vous trouvent pas.
Le retour d'un Epoux...

MARIAMNE.

Je vois avec surprise

Dans quel reproche ici votre cœur s'autorise.
Et quels avis, Seigneur, pouvoient me préparer
A ce retour soudain qu'on me laisse ignorer ?
Je dois en soupçonner d'indignes artifices.
Dans le Temple pour vous fumoient les Sacrifices,
Lorsque de votre mort le bruit s'est répandu.
La Cour étoit en crainte & le Peuple éperdu.
De ce faux bruit sans doute on ménageoit l'usage,
C'étoit pour observer mes pas & mon visage,
On vouloit abuser de ma crédulité ;
On me donnoit la mort avec tranquilité,
Et déja... mais, Seigneur, souffrés que je vous laisse.
Je ne sçai tout à coup quelle douleur me presse.
Daignés me pardonner ces tristes mouvemens.

HERODE.

Et moi vous me livrés aux plus cruels tourmens.
Israël m'est témoin, & l'Eternel lui-même.

MARIAMNE.

Gardés-vous d'attester sa puissance suprême.
Ces augustes sermens ne vous sont plus permis,
Quand par vous à Cesar des Autels sont promis.
Pour lui d'un nouveau Temple allés tracer l'enceinte,
De prophanations souillés la Cité Sainte ;
Faites à tant d'horreurs remonter le Jourdain ;
Mais craignés d'éprouver un châtiment soudain.

SCENE VIII.

HERODE, ALEXANDRE.

HERODE, *retient Alexandre qui suit Mariamne.*

VOus voyés jusqu'où va l'aigreur de votre mere'
Mais je puis la calmer, ou du moins je l'espere'

Si son amour pour vous se trouve au mien pareil.
Alcime par mon ordre assemble le Conseil.
Pour la premiere fois venés y prendre place.

ALEXANDRE.

Seigneur, je sens le prix d'une pareille grace,
Et quand vous voudrés bien vous-même m'enseigner
Ce grand art que le Ciel vous donna pour regner,
Jeûne encore au Conseil, & sans experience
J'espere m'y montrer digne de ma naissance.

HERODE.

J'y dois déliberer sur de grands interêts,
Et vos yeux vont s'ouvrir à d'augustes secrets,
Dont la seule importance est un frein pour se taire.
L'art de regner, mon Fils, est un profond mystere,
Et c'est même un secret pour le seul Potentat.
Le Peuple, à dire vrai, connoît mal son état,
Confond les droits souvent avec les injustices,
A la place des Loix ils mettent leurs caprices,
De volages désirs toujours sont combatus,
Et sur leurs passions jugent de nos vertus.
Mais, mon Fils, mon esprit que sa douleur partage
Remet à d'autres tems à s'ouvrir davantage
Sur les divers partis, sur les sages soupçons....

ALEXANDRE.

Vos exemples, Seigneur, abregent les leçons.

HERODE.

Allés voir votre Mere.

SCENE IX.

HERODE, SALOME.

SALOME.

HE' quoi déja votre ame,
Seigneur, d'un nouveau trouble....

HERODE.

Ah! bien plutôt, Madame,
Dites qu'un ennemi couvert, & soupçonneux
D'une sainte amitié cherche à rompre les nœuds;
Que contre Mariamne une cruelle envie
M'ôte avec son amour le repos de ma vie.

SALOME.

Ah! reconnoissez mieux cet ennemi, Seigneur,
Et ne le cherchés point ailleurs qu'en votre cœur.
Souffrez ma liberté, c'est de votre foiblesse
Que naît l'excès d'orgueil qui la perd, & nous
blesse.
Cessez de vous trahir. D'un soin trop dangereux
Vous cherchez à nourrir un amour malheureux;
Pour vaincre ses dedains, & la fléchir peut-être,
Dans un Epoux haï, faites-lui voir un maître.

HERODE.

Ah! gardez-vous vous-même ici de m'offenser,
De tous ses sentimens vous devez mieux penser;
Loin de la soupçonner d'aucune injuste haine,
J'impute à sa vertu cet orgueil qui l'entraîne.

SALOME.

Avec tant de vertu, dans leur injuste cours,

Seigneur, j'ignore l'art d'accorder ses discours.
Elle devroit du moins plus humble en ses miseres
Supprimer tous les noms d'Assassin de ses peres,
De lâche Usurpateur, de Tyran odieux
Qui n'a connu qu'Antoine, & Cesar pour ses Dieux.

HERODE.

Je le sçai bien ma sœur, elle est trop indiscrette;
Mais de mon cœur aussi la justice secrette
Lui souffrant ces discours un peu hors de saison,
Dans ses emportemens trouve qu'elle a raison.
De quels moyens cruels n'ai-je point fait usage?
Vous même dans ses maux contemplez votre ouvrage
Je n'ai que trop servi votre zele indiscret,
Et sous ce nom peut-être un interêt secret,
Souffrez que mon amour embrasse sa deffense,
Je sçai que son orgueil quelque fois vous offense;
Mais le vôtre est injuste, & son illustre sang
Exige qu'avec vous elle garde son rang.

SALOME.

Je le vois bien, Seigneur, quoiqu'elle ose entreprendre,
Il est tems de me taire, & c'est à moi d'apprendre
A souffrir ses mépris désormais trop certains;
Mais il faut esperer, graces à vos destins,
Que ses cris soûtenus des droits de sa naissance
Sur un Peuple volage auront peu de puissance.

HERODE.

Rien n'est ici, Madame, à redouter pour nous.
Trop heureux! si je puis appaiser son courroux.
Si je la crains, ce n'est que parce que je l'aime,
Loin de tant de beautez mon supplice est extrême
Un regard de ses yeux prompt à tout embraser,
Peut exciter en moi le trouble, ou l'appaiser.

Fin du second Acte.

ACTE III.

SCENE PREMIERE.

SOESME, *seul.*

DU secret entretien que Salome desire
Quel seroit le motif ? & qu'a t'elle à me dire ?
J'attens sa confidence, & prevois ses discours,
Sans doute un art perfide en va régler le cours.
Mais quels pressentimens étonnent ma constance,
Et de quel attentat revelant l'importance,
Seduit dans mon espoir, trompé dans mon dessein,
Ai-je mis à la Reine un poignard dans le sein ?
Oui. Malgré la faveur & d'Auguste & de Rome
Il est des interêts trop cruelle, Salome,
Que je ne puis trahir, ni te sacrifier.
Ah ! que dis-je ! à ces murs gardons de confier
Le beau feu qui m'anime & qu'un respect suprême
Semble n'oser encor confier à moi-même,
Et dont mon cœur s'étoit dérobé la moitié
Sous le voile apparent d'une illustre pitié.
Belle Reine, ma foi toujours plus affermie....
Mais on entre, voici sa cruelle ennemie.

SCENE II.

SALOME, SOESME.

SALOME.

AVant que le Conseil soit prêt à s'assembler,
J'ai crû devoir, Soesme, un moment vous parler.

SOESME.

Madame, attendés tout d'un zéle légitime.
Que puis-je . . .

SALOME.

Vous sçavés combien je vous estime,
De quels secours par tout appuyant votre espoir . . .

SOESME.

Trop heureux ! si toujours fidéle à mon devoir
Je n'ai point écarté les bontés de Salome.

SALOME.

Je m'en plaindrois à tort. Mais lorsqu'Auguste & Rome
S'empressent à l'envi ; que d'une égale ardeur
L'un & l'autre d'Herode élevent la grandeur ;
Que tant d'honneur se joint à son pouvoir suprême,
Croirai-je que le Roi vous retrouve le même,
Et que dans votre sein du même zéle épris
Sa main de sa faveur va recüeillir le prix ?

SOESME.

Je dois vous l'avoüer, ce discours m'embarasse,
Madame, il me surprend, & d'où partent, de grace,
Ce doute injurieux, & ces soupçons couverts?

SALOME.

Oüi, Soesme, sur vous tous les yeux sont ouverts.
Le Roi vous confia la garde de la Reine,
Son retour en ces lieux n'a t'il rien qui vous gêne?
J'ignore en ses secrets jusqu'à quel point admis,
Quels ordres importans vous ont été remis.
Mais vos soins pour la Reine, & votre complaisance
N'ont que trop augmenté l'orguëil de sa naissance.
Tout un Peuple déja sembloit se diviser.
Dans l'absence d'Herode elle a pû tout oser.
Elle l'a crû perdu. La Cour trop mal instruite....

SOESME.

Je ne rends qu'au Roi seul compte de ma conduite,
Madame, & sans sortir d'un devoir rigoureux
Je ne sçai point trahir d'illustres malheureux.
Herode avec son Fils m'a confié la Reine,
Et j'ai crû la devoir traiter en Souveraine;
Elle l'est, je l'ai fait, & n'en ai crû que moi.
En user autrement, c'étoit manquer au Roi.
Sans prendre aucun ombrage, ou de folles allarmes,
De tous ses mouvemens je n'ai vû que ses larmes.
J'ai calmé ses douleurs autant que je l'ai pû,
Puisse bientôt le cours en être interrompu.
Le Roi revient tout plein d'ardeur & de tendresse.
Puissent pour leur bonheur les vœux qu'au Ciel j'adresse
Avoir le plein succès qu'il en faut souhaiter,
Et qu'aux prix de mes jours je voudrois acheter.

SALOME.

Ce zéle doit trouver son prix. Le Ciel est juste,
Il vient de prononcer par la bouche d'Auguste.
Vous le sçavés... Enfin j'ignore quels projets
Du Conseil assemblé vont être les objets.
Mais le Roi devenu plus sombre, & plus farouche

Recele dans son cœur un chagrin qui le touche.
Dans ses moindres soupçons facile à prevenir,
Trop ardent à juger, & plus prompt à punir,
On sçait à quels transports souvent il s'abandonne.
Profités de l'avis que Salome vous donne.
On ouvre. C'est Tharés que j'avois demandé.

SOESME.

Déja sur son parti Soesme a decidé,
Qui connoît ses devoirs, les suit sans violence.
L'honneur, les sentimens emportent la balance.
Et pour des cœurs bien nés, Madame, il est des droits *il sort.*
Que porte la vertu jusqu'au Trône des Rois.

SCENE III.

SALOME, THARE'S.

SALOME.

Il suffit, j'entrevois l'interêt qui l'entraîne,
Et c'est à moi...

THARE'S.

Je viens de parler à la Reine,
Et mandé par son ordre avec empressement
Phœdime m'a conduit à son appartement.
Devant la Reine en pleurs tout gardoit le silence.

SALOME.

Je viens d'en être instruite, & sçai votre audiance:
Je rends graces à vos soins par qui sont écartés
Les soupçons que sur moi Mariamne a jettés.
Il est bon qu'en effet la Reine puisse croire
Qu'Herode chez Auguste enyvré de sa gloire,

Ait même négligé de la faire avertir
De ſa grace & du tems qu'il a voulu partir.

THARE'S.

Je vois comment inſtruite, au gré de ſon envie,
Salome eſt en ces lieux fidelement ſervie.

SALOME.

De ce même entretien j'attens bientôt le fruit,
Et le Ciel chez la Reine exprès vous a conduit.

THARE'S.

Enfin, jai crû devoir lui faire un rapport juſte
Des titres, des honneurs accordez chez Auguſte,
Du bruit même qu'y fait ſa beauté, ſa vertu ;
Mais dans ſes déplaiſirs ſon cœur trop combatu
M'a laiſſé voir des yeux toujours mouillez de larmes ;
Que ſa douleur, Madame, en relevoit les charmes!
Vous connoiſſez du Roi les amoureux tranſports,
Peut-être un regard ſeul va tromper nos efforts,
Peut être nos projets par un retour funeſte. . .

SALOME.

Servez-les ſeulement, je me charge du reſte.
Quelque ardeur que pour elle Herode ait dans le ſein,
C'eſt même ſa beauté qui ſert notre deſſein.
Je l'ai vû quelque fois pénetré de ſes charmes
Me venir confier ſes ſecretes allarmes,
Et dans le triſte cours de ſes tranſports jaloux
A ſes attraits, Tharés, meſurer ſon courroux.
L'Amour ſeul eſt l'auteur du tourment qui l'accable ;
Mais vous d'un grand effort vous ſentez-vous capable ?

THARES.

Et quel courage ici me feroit excité
Par l'hymen glorieux dont vous m'avez flatté ?
Quand pour prix de mes soins votre main m'est offerte,
De la gloire pour moi quelle carriere ouverte ?
Et de quel noble espoir mon cœur est prevenu ?

SALOME.

Au trône de plus loin Hérode est parvenu.
C'est vous en dire assez, le reste il le faut taire.
De mon dessein bientôt vous sçaurez le mystere,
Dans ce même Palais déja sont ordonnez,
De sublimes honneurs à Cesar décernez....

SCENE IV.

SALOME, ELISE.

SALOME.

He bien Elise ?

ELISE.

Hérode est entré chez la Reine,
Il étoit attendu. Je n'ai percé qu'à peine
Ces flots de Courtisans à ses pas attachez,
De joye & d'allégresse ils paroissent touchez.
De Soesme, dit-on, cette paix est l'ouvrage,
Lui seul a de la Reine attendri le courage.
D'autres, jugeant de tout avec précaution,
N'imputent qu'à Cesar cette réünion ;
Disent que sa pitié s'interessant pour elle
D'une Reine opprimée embrasse la querelle,
Et que ce sentiment qui n'a rien de suspect

Sur le sang de Juda tient Hérode en respect.

SALOME.

Jai peine à croire entre eux autant d'intelligence.

ELISE.

Contre elle suspendez du moins votre vengeance.

SALOME.

Sa fierté jusques-là n'a pû se démentir,
Et sa haine s'accroît loin de se rallentir.
Le dépit & l'effroi contre lui tout s'assemble;
Mais pour en bien juger il faut les voir ensemble,
Mariamne sçait mal composer son maintien:
Son cœur à découvert dans tout sont entretien,
Et toujours dépendant d'une vertu farouche
Ne suit que son chagrin ou l'orgueil qui la touche.

THARE'S.

Son Fils vient, avec lui je vous laisse en ces lieux,
Ma présence sans doute y blesseroit ses yeux.

SALOME

J'attends ici le Roi, s'il faut que par sa flâme
Mes projets traversez...

SCENE V.

ALEXANDRE, SALOME.

ALEXANDRE.

Je vous cherchois, Madame.
Tout va changer de face, & calmant son courroux
Le Ciel semble répondre à nos vœux les plus doux.
Hérode est affligé des chagrins de ma mere,
Il brûle d'appaiser une injuste colere.
La Reine, si j'en crois ses tendres mouvemens,
Est prête à m'immoler tous ses ressentimens,
Et me montrant un cœur sensible à mes alarmes
M'a tenu dans ses bras tout baigné de ses larmes.

SALOME.

D'un pareil changement mon cœur n'est point surpris.
Les vertus de la Reine ont retrouvé leur prix,
Le Roi, quoiqu'il soupçonne, est sûr de sa tendresse.
Et vous qui me venez marquer votre allegresse,
En vous montrant par là digne d'elle & de lui
De leur réünion vous devenez l'appui.

ALEXANDRE.

Madame, ce discours qui me flate & me touche
A tous vos ennemis devroit fermer la bouche;
Vous seule dans ces lieux, si j'en crois leur rapport,
Aigrissez les esprits & troublez leur accord.
J'en vois de tristes fruits, le motif, je l'ignore,
Je puis l'apprendre. Enfin le Ciel permet encore

Que deux cœurs desunis puissent se rapprocher.
Si d'un Frere & d'un Roi le repos vous est cher,
Soûtenez cette paix par vos conseils ; Madame :
Mais si quelque chagrin trouble encor sa grande ame ;
Si la discorde encor souffre ici son poison,
Je ne dois qu'à vous seule en demander raison.

SALOME.

Prince, j'ignore encor d'où ce transport peut naître.
Et Salome à ces traits doit peu se reconnoître ;
Mais vous même apprenez à mieux juger du Roi,
Ce ne seroit qu'à lui de répondre pour moi.
Je vois dans cette plainte à moi seule adressée,
Plus que la mienne encor sa gloire interessée.
Croit-on qu'à ses conseils j'osse m'associer ?
Mais je l'offenserois à me justifier.

ALEXANDRE.

Je vous entends, Madame, & vois par quelle adresse
Vous pouriez loin de moi détourner sa tendresse,
Et malgrés ses bontés exciter ses soupçons.
De votre inimitié j'ignore les raisons.
Mais puisqu'il faut enfin s'en expliquer, Madame,
Son invincible preuve est au fond de mon ame.
Le Ciel sur nos destins nous éclaire à regret ;
Mais sa main dans nos cœurs verse un instinct secret,
Qui par les mouvemens que sa révolte inspire
Designe l'ennemi qui contre nous conspire.
Mon cœur ne fut jamais tranquille à votre aspect.
Jusqu'à vos bienfaits tout me devient suspect.
D'un pareil ascendant corrigez le caprice.
Respectez Mariamne, & faites-vous justice ;

Mais qu'elle n'en soit pas convaincuë à demi,
Ou ne voyez en moi qu'un mortel ennemi.

SCENE VI.

SALOME *seule.*

QUEL fruit espere-tu d'une telle ménace ?
Du sang Asmonéen je trouve en toi l'audace,
Crains en tous les malheurs. Mais voyons cependant
Sur quoi se peut fonder cet éclat imprudent ;
Quel fruit cette entre-vûë enfin a pû produire.
Le Roi vient. Quel transport semble ici le conduire ?

SCENE VII.

HERODE, SALOME.

HERODE *entre d'un air sombre & agité & regarde du côté de l'appartement de la Reine.*

OUI, je dois tout permettre à mon juste courroux
Pour la derniere fois cruelle à tes genoux
Sans doute tu m'as vû. Jusqu'où son insolence
A poussé ses mépris, même sa violence !

SALOME.

Dans quel état, Seigneur, est-ce que je vous vois ?
Je ne reconnois plus vos traits, ni votre voix.

HERODE.

Et sur quel fondement son injuste querelle ?

D 5

J'arrive dans ces lieux. Qu'ai-je entrepris contre elle ?
S'il faut même qu'elle ait ignoré mon retour,
La fortune a trahi les soins de mon amour.

SALOME.

Hé quoi de son espoir la Cour préoccupée,
Sur Mariamne ainsi se trouveroit trompée !
Et du Peuple en tous lieux reçus avidement
Les bruits de votre accord seroient sans fondement ?
La Reine de vos feux vous gardoit ce salaire ?
Mais, Seigneur, quel motif excite sa colere ?
De quels nouveaux chagrins ses esprits irritez...

HERODE.

Son desespoir s'aigrit par mes prosperitez.
Ma gloire l'inquiete, & même l'importune ;
Elle me souhaittoit toute une autre fortune.
Et qui pouvoit prévoir l'acceüil que j'en reçoi !
Elle ne connoît plus son Epoux & son Roi.
Vous sçavez que tantôt plein d'ardeur & de zele
Je n'ai quitté ces lieux que pour passer chez elle.
J'esperois que le tems calmeroit ses esprits ;
Quelle s'attendriroit aux larmes de son fils ;
J'ai cru que par Soesme à me voir préparée,
Elle rappelleroit sa raison égarée,
Quelle-même peut être auroit honte de voir,
Quelle avoit sans respect oublié son devoir :
J'entre chez elle au moins dans cette confiance.
Mon cœur, je l'avoüerai, s'est troublé par avance.
J'en prens un noir augure, & dès que je la voi
Sa froideur m'interdit, & me coupe la voix,
Et lorsque dans mon cœur l'amour encore l'excuse
Jusques à mes regards l'ingrate se refuse.
Je veux m'en plaindre. Ah ! Dieu dans quel emportement

Son injuste courroux s'exhale en ce moment !
Au Ciel avec ses cris elle adresse ses larmes.
Ses femmes à l'envi combattent ses allarmes ;
Et moi j'employe en vain pour calmer ses douleurs,
Les plaintes, les respects, les prieres, les pleurs.
Vous le dirai-je encor ? Cette Epouse cruelle
Jamais à mes regards ne se montra si belle :
Mes sermens ont envain conjuré sa rigueur,
Ses yeux étincellans à travers sa langueur,
Et sa colere enfin d'égaremens suivie,
M'ont fait pâlir pour elle, & craindre pour sa vie.
Peu s'en faut qu'à ses yeux terminant mes douleurs
Mon bras n'ait fait couler mon sang avec ses pleurs.

SALOME.

Ciel ! que me dites-vous ?

HERODE.

Ce n'est pas tout, Madame,
La pitié jusques-là s'emparoit de mon ame ;
Je n'imputois qu'à moi ce transport furieux ;
Mais bien-tôt un torrent de mots injurieux
A mis dans ses discours le comble à la licence.
Elle m'a reproché mon pays, ma naissance,
Je suis, si je l'en crois, un traître, un assassin,
Et même un parricide, & que vous dire enfin ?
A de funebres cris ses menaces mêlées
Appellant au secours des ombres desolées,
Il n'est dit-elle, hymen, vertu, loi, ni devoir
Qui puisse à l'avenir la forcer de me voir.
Irrité, furieux je me suis craint moi-même,
Et je suis sorti, ma sœur, dans ce desordre extrême.

SALOME.

Voilà, Seigneur, l'effet d'un amour genereux
Que l'excès de vos soins a rendu malheureux.
La Reine à vos bontés est trop accoûtumée,
Et vous hait d'autant plus qu'elle se croit aimée.
Ah! puisse-t-elle au moins dans ses emportemens
Arrêter sa vengeance à ces fiers traitemens.
Le dirai-je, Seigneur? ou je suis mal instruite,
Ou dans sa haîne encor maintenuë & conduite
De conseils dangereux on l'ose empoisonner.

HERODE.

Et quel des miens, Madame, ose-t-on soupçonner?

SALOME.

Je sçai jusqu'où je vais vous étonner vous-même,
Et ne puis sans regret vous nommer...

HERODE.

Qui?

SALOME.

Soesme.

HERODE.

Lui!

SALOME.

Mon zéle pour vous ne peut rien vous farder.

HERODE.

Gardés-vous de chercher à me persuader.
Ciel! où me conduiroit cette affreuse pensée,
Ce soupçon si contraire à sa gloire passée?
Sans doute elle l'a pû fatiguer de ses pleurs,
Et l'ingrate plongée en d'injustes douleurs,

Va publiant partout les malheurs de sa race.
De sa haîne en tous lieux je retrouve la trace.
Je punirois bien-tôt ce courroux indiscret,
Si moi-même arrêté par un motif secret . . .

SALOME.

Ah ! pour vous retenir quelle cause assés juste
Pourroit, Seigneur . . . .

HERODE.

Je crains.

SOESME.

Que craignés-vous ?

HERODE.

Auguste.
D'une foule de maux à peine respirant,
Et quand de ma clemence il s'est rendu garant,
Irois-je dégoûtant du sang de la cruelle
Mendier à ses pieds une grace nouvelle,
Montrer toujours Herode à ses regards surpris,
D'un hommage forcé redemandant le prix ?

SALOME.

Daignés donc écouter des conseils salutaires.
Du nouveau sacrifice achevés les mysteres.
Associés la Reine à vos augustes soins,
Et forcés ses regards d'en être les témoins,
Trop sûr que de sa part une injuste querelle
En offensant, Cesar sçaura l'armer contr'elle.
De l'honneur d'Israël, alors son cœur jaloux
Va par delà vos vœux servir votre courroux.

HERODE.

J'approuve vos conseils, ma Sœur, je dois les suivre.
Il faut que de ses cris enfin je me délivre.
La cruelle, à ce point où je la vois venir,

Si je ne la previens sçaura me prevenir.
J'ignore ses desseins ; mais plus je l'étudie
Plus son courroux paroît cacher sa perfidie
De trop d'aveuglement mon amour est confus.
Contre Auguste en effet engageons ses refus,
Et que lui-même au lieu de prendre sa défense
Me demande raison d'un orgueil qui l'offense.
Disposés tout vous-même, allés, ma Sœur, allés.

SCENE VIII.

HERODE, ALCIME.

ALCIME.

PAr votre ordre, Seigneur, les Prêtres appellés
Refusent hautement leurs Sacrés Ministeres,
Traitent tous nos apprêts d'offrandes adulteres,
Honteux de voir malgré ses exploits immortels
Les Aigles de Cesar ombrager nos Autels.
Tout revere à genoux votre Auguste Puissance.
Mais des Ministres Saints craignés la violence,
Un orgueil dangereux saisit les plus abjects.

HERODE.

Mon aspect va lui seul assûrer mes projets.
Quoiqu'un zéle indiscret ose encore entreprendre,
Aquitons des honneurs que j'ai promis de rendre.
Sui-moi. Viens, essayons de quel œil aujourd'hui
Le Ciel va voir Herode entre Cesar & lui.

Fin du troisiéme Acte.

ACTE IV.

SCENE PREMIERE.

SALOME, THARE'S.

THARE'S.

VOTRE prudence eſt grande, & dans cette entrepriſe
Oüi, Madame, je vois que tout vous favoriſe.
L'honneur de preſider à ces libations
Semble fonder encor mes accuſations;
Puiſqu'en un tel deſſein, la Reine en apparence
N'eût pû charger que moi de cette préference.
Mais ſur le point d'agir, malgré-moi retenu,
Je ſens un mouvement qui m'étoit inconnu.
Le crime m'épouvante en ſe montrant ſi proche.

SALOME.

Donnés moins de croïance à ce ſecret reproche,
Tharés, un vain remors lui-même ſe détruit
La vertu n'eſt ſouvent qu'un nom qui nous ſéduit.
Lui ſacrifiés-vous l'eſpoir qui vous anime?
L'éclat des grands projets en dérobe le crime.
Songés-vous quels ſermens engagent votre foi?
Quels puiſſans interêts vous attachent à moi?

Que même en reculant votre chûte est certaine?

THARE'S.

C'est en trompant le Roi qu'il faut perdre la Reine.
Du feu de son amour ses yeux toujours remplis
De mon cœur déguisé vont percer les replis.
Quelle ame à ses regards ne seroit point ouverte?
Et son auguste aspect peut achever ma perte.
Mais à vous obéir me voilà resolu
De vos ordres sur moi l'empire est absolu,
Et sûr de votre main je sers votre vengeance.
Mais aidés-moi du moins & que votre presence....

SALOME.

Oüi, je vous soûtiendrai dans un pareil effort.
Et presente en effet pendant votre rapport,
Du projet jusqu'au bout conduisant le mystere,
Je sçaurai prudemment & parler, & me taire.
Allés voir Mariamne, & surprenés sa foi,
Qu'elle se rende ici. Tel est l'ordre du Roi.
Ce n'est point nous flatter d'une esperance vaine,
Herode par mes soins instruit, qu'avec la Reine
Vous avés eû tantôt un secret entretien,
De tout notre projet ne doit soupçonner rien.

SCENE II.

SALOME.

Mais moi-même à mon tour quel mouvement me presse?
D'où vient... Ah! sans vouloir l'imputer à foiblesse,
Un grand cœur que conduit le crime ou la vertu
Au point d'executer est toujours combatu..

SCENE III.

Le Théatre s'ouvre & sur la porte du Temple qui n'est séparée du Palais d'Hérode que par une vestibule, on voit avec plusieurs drapeaux & trophées les Aigles Romaines, & dans l'enfoncement un Autel paré pour un sacrifice.

HERODE, SALOME, *Suite du Roi ou Assistans au Sacrifice.*

HERODE *à Salome.*

AINSI donc tout est prêt pour ce grand Sacrifice.
Du Pontife sacré je prens sur moi l'office ;
Son refus m'offensoit ; mais ses augustes droits
Ne peuvent être mieux que dans les mains des Rois.
A l'honneur de Cesar rendons un juste homage,
Et si du Dieu vivant les Heros sont l'image,
De la divinité rapprocher leurs vertus,
Ce n'est que reverer les dons qu'ils en ont eus.
Le Ciel... Mais quoi ! tout prêt à ceindre la Tiare
Je ne sçai quel esprit de mon ame s'empare.
Que cet effroi secret & ce saisissement
Comme un augure heureux consacre ce moment,
Rende plus vive encor la splendeur immortelle.

SALOME.

Qu'attendons-nous, Seigneur ?

HERODE.

Mariamne vient-elle ?

Sur son retardement ne puis-je être éclairci ?

SALOME.

Tharés seul vous en peut informer. Le voici.

SCENE IV.

HERODE, SALOME, THARE'S, *Assistans.*

HERODE.

He' bien !

THARE'S.

A vos génoux j'apporte ici ma tête.
Punissez-moi, Seigneur, que rien ne vous arrête.

HERODE.

Que vois-je ? O Ciel ! quoi donc ?

SALOME.

Parlez ; de quels remords ?

THARE'S.

N'attendez point de moi de criminels efforts.
Mais d'attenter sur vous dès qu'on me croit capable
Ce soupçon seul suffit, je suis assez coupable.

HERODE.

Cesse de te répandre en des discours trop vains.

THARE'S.

Vous voyez quelle Fête & quels honneurs divins

Vous

Vous alliez célébrer pour un tribut trop juste ;
Que dans le cours pompeux d'un Sacrifice auguste,
Même aux yeux d'Israël, aux pieds de ses Autels,
Il faut rendre à Cesar des respects immortels.
Dans ce culte nouveau d'éternelle durée,
Je dois tenir la coupe & la liqueur sacrée
Qui d'abord doit servir à nos effusions,
Puis je vous la remets. Tristes libations !
Vase celeste & pur, mais tout ensemble impie !
Unique source alors des fureurs qu'il expie,
Dont vos levres à peine auroient touché le bord,
Qu'un trait seul vous jettoit dans les bras de la mort,
Si je m'étois chargé de cet emploi funeste,
Que livroit à mes soins un choix que je déteste.

SALOME.

Qu'entens-je ? juste Ciel !

HERODE.

Je demeure interdit.

SALOME.

Ainsi donc le poison....

HERODE.

Il n'en a que trop dit.
O crime à qui le Ciel vangeur des parricides
Sembloit prêter son voile & ses secours perfides !
Et qui pouvoit prévoir cet horrible dessein ?

THARE'S.

Son projet devoit bien expirer dans son sein.

SALOME.

Celle qui l'a tramé se découvre sans peine.

HERODE.

Devrois-je à tant d'horreurs reconnoître la Reine ?

Avec des traits pareils, dans mon cœur combatu,
Je ne puis accorder ces ombres de vertu.

SALOME.

Hé! quel seroit, Seigneur, le fruit de l'Imposture?

HERODE.

Je vous en crois, Madame, & vous faisois injure.
Voilà d'où l'Imprudente en son ressentiment
Me menaçoit tantôt d'un soudain châtiment,
Et toi-même introduit par son ordre chez elle,
Tout me prouve, Tharés, & son crime, & ton zele.
A quel affreux emploi elle a pû recourir!
La perfide mourra, qui peut la secourir?
Allons, tout m'autorise, il faut qu'un grand exemple
D'un pareil attentat vange l'honneur du Temple.
à Tharés qui sort.
Toi redouble ma garde; attendant son arrêt.
Le crime est averé, le Conseil est tout prêt:
J'y devois de l'Etat regler les destinées,
A cent revers toujours elles sont enchaînées,
Qu'il serve à la juger; mais ne balançons pas,
Dût retomber sur moi son sang & son trépas.

SCENE V.

HERODE, MARIAMNE, ALEXANDRE, SALOME, THARE'S.

MARIAMNE.

QUE vois-je? où suis-je? ô Ciel! quelles mains sacrileges

De l'Autel du vrai Dieu souille les privileges ?
L'abomination regne aux lieux les plus saints.

SALOME.

Qu'y venez-vous chercher ? & quels sont vos desseins ?

HERODE.

J'ai tout appris cruelle & le Ciel que j'atteste....

MARIAMNE.

De quoi me parles-tu ?

HERODE.

De ton projet funeste,
J'ai vû dans son rapport Tharés même en pâlir.
La coupe qu'à l'autel sa main devoit remplir
D'un poison que la tienne....

MARIAMNE.

O fureur qui m'opprime !

SALOME.

Votre Fils regnera sans le secours du crime.
Au trône paternel un plus noble chemin ..

HERODE.

Quoi ! de mon Fils encor la sacrilege main....

ALEXANDRE.

A la Reine, Seigneur, épargnez cet outrage.

MARIAMNE.

Ton Fils est innocent.

HERODE.

Il secondoit ta rage,

MARIAMNE.

Il hait les attentats, quoique sorti de toi.
Ces flancs qui l'ont porté sont garants de sa foi.
Respecte tous ces Rois auteurs de sa naissance.

HERODE.

Perfide, est-ce donc là prouver ton innocence ?

MARIAMNE.

De quoi que ta fureur ose se défier,
Il ne me convient point de me justifier,
Sur tout lorsqu'en esclave en ces lieux amenée
Ce n'est que de toi seul que je suis soupçonnée.
Le rapport d'un perfide a droit de t'entraîner,
Et bien moins qu'à Tharés je dois te pardonner.
Esclaves des tyrans, quoique vous puissiez faire,
N'attendez point de nous ni plainte, ni colere.
Quand vous suivez des Rois les ordres rigoureux
Le crime vous regarde, & la honte est pour eux,
à Herode.
Si pourtant sans descendre à de bas artifices
Tu n'es que le jouet de tes propres caprices,
Si la surprise a part à ton inimitié,
Roi cruel, je te dois encor quelque pitié.

HERODE.

De quels traits à mes yeux l'orgueilleuse m'accable ?
Est-elle donc mon Juge, & suis-je le coupable ?
Quel destin est le mien ? Vous avez tous apris
Le succès d'un voyage à bon droit entrepris.
Ces insignes faveurs du maître de la terre
M'inspiroient le dessein d'une nouvelle guerre,
Et c'étoit le sujet sur quoi sans differer
Votre Roi maintenant alloit déliberer.
Mais loin de subjuguer & l'Arabe, & le Parthe
De ce noble projet aujourd'hui tout m'écarte.

Contre moi la discorde allumant son tison
Au sein de ma famille arme jusqu'au poison.

MARIAMNE.

Dis plûtôt que ta main protege l'imposture.

ALEXANDRE.

Oüi, c'est trop outrager l'amour & la nature.
Reconnoissez, Seigneur, vos plus grands ennemis
Au soin de vous armer contre une épouse, un fils.

HERODE.

Toi veux-tu me prouver que tu n'es point coupable,
Et que de tant d'horreurs mon Fils n'est point capable,
Contrains-donc la nature, & laisse agir la loi.
Voilà ta Mere enfin, viens l'entendre avec moi.
Deffens-la si tu peux, l'effort est légitime.
Mais la trouvant coupable, ose punir le crime.

ALEXANDRE.

Moi! que j'entre au Conseil pour la premiere fois
Pour l'y voir exposée au caprice des loix?
Pour voir ainsi soüiller d'une tache éternelle
La majesté des Rois qui revivent en elle?
Quels droits, quels interêts prétend-on discuter?
Quel arrêt rendre ici, sur qui l'executer?
De la Reine aujourd'hui quel seroit le refuge?
C'est vous qui l'accusez, & je serois son Juge:
De quels soupçons croit-on que je sois combatu?
Le sang qui coule en moi répond de sa vertu,
Le Ciel n'est pas plus pur. Quoique souffle la rage,
La verité bientôt percera le nuage....

HERODE.

Hé bien! si cet espoir luit encor dans ton cœur,
Si pour elle des loix tu crains peu la rigueur,

Sui-moi ſans differer au Conſeil qui s'aſſemble.

ALEXANDRE.

J'irai, pour la défendre, & la vanger enſemble ;
Pour punir l'impoſture, & ſans crainte à vos yeux
J'irai faire parler le ſang de ſes ayeux.
La foi dans tout les cœurs ne peut être atiedie,
Ou ſi je n'y trouvois que crainte, & perfidie,
Malheur alors à qui m'oſera conteſter
Des droits que vous devez vous-même reſpecter.
Je vois tous les reſſorts d'une odieuſe intrique,
La vengeance, l'orguëil, l'interêt, tout ſe ligue,
Et ce projet tramé par de perfides mains
A d'autres attentats ouvre encor des chemins.
Mais je n'écoute plus qu'un tranſport légitime.
Vos Juges deviendront eux-mêmes la victime,
à Mariamne.
Madame, leur Conſeil n'eſt qu'un complot affreux ;
S'ils condamnent leur Reine, ils prononcent contre-eux.

HERODE.

Traitre ! je reconnois ton crime à ton audace.

MARIAMNE.

Vous vous perdez, mon Fils ! ô comble de diſgrace !

HERODE.

Tu n'en es pas encor perfide où tu prétends,
Et bientôt contre toi mon ordre....

ALEXANDRE.

Il ſort.
Je l'attens.

HERODE.

Temeraire !

SALOME.

Seigneur, cet éclat vous regarde.
Vous l'entendés.

HERODE *à Soesme.*

Je mets la Reine sous ta garde,
Quelque soupçon qu'on m'ait donné contre ta foi,
Soesme, j'ose encor m'en réposer sur toi.

SCENE VI.

MARIAMNE, SOESME.

MARIAMNE.

AInsi ce nouvel ordre est remis à Soesme.

SOESME.

Et je l'accepte aussi pour vous rendre à vous-même.
Seul je vous ai perduë, & mon zele indiscret
N'a pû vous dérober un dangereux secret.
Source de tous vos maux, j'arme votre colere.
Il falloit vous servir, mais je devois me taire.
Vous voyez quels périls vont vous environner.
Herode prevenu pourroit me soupçonner;
Profitons des momens qu'à ma garde il vous laisse,
Pour dérober vos jours au malheur qui vous presse.
J'ose encor concevoir cet espoir glorieux,
Mais sans perdre un instant il faut quiter ces lieux.
Finir en vous sauvant le cours de tant d'allarmes,
Et sous un Ciel plus doux confier tant de charmes.
Le Parthe du Tyran est l'ennemi couvert,
Il vous offre un azile à vos yeux ouvert.

Je puis de ce Palais menager la sortie,
Et de ce premier pas une fois garantie,
A votre sûreté par tout je puis pourvoir.

MARIAMNE.

Obéïssez au Roi ; c'est là votre devoir.
Je vous sçai gré pourtant d'embrasser ma défense,
Mais oubliés un soin dont ma vertu s'offense.
De ses maux Mariamne interrompant le cours
De sa seule innocence attend tous ses secours.
Vous tournés vos efforts du côté d'Alexandre,
Soesme, & s'il se peut. . . .

SCENE VII.

MARIAMNE, SOESME, PHOEDIME.

MARIAMNE.

Ah ! que viens-tu m'apprendre ?
Parle, que fait mon Fils ? je ne crains que pour lui.

PHOEDIME.

Tout un Peuple en fureur le prend sous son appui,
Reste de tant de Rois qu'en lui chacun contemple.

MARIAMNE.

Hé que prétendent-ils ?

PHOEDIME.

Ils le menent au Temple,
Et sans doute, Madame, aux pieds de l'Eternel
Vont se lier entre eux d'un serment solemnel.

Pour sauver de l'orage une tête si chere,
Vanger l'honneur du Temple, & les pleurs d'une
mere;
Et ces grands interêts entre leurs mains remis
Vont rejetter l'effroi parmi vos ennemis.

SCENE VIII.

MARIAMNE, SALOME, SOESME, PHOEDIME, ALCIME.

ALCIME.

J'Execute à regret ce que l'on me commande;
Le Roi veut vous entendre & le Conseil vous
mande.

MARIAMNE.

Hé bien j'y vais montrer la fille de vos Rois,
L'héritiere du Sceptre, instruite de mes droits
Dans quelque extremité que le sort m'ait reduite
Je sçais que je ne dois compte de ma conduite
Qu'au grand Dieu d'Israël, qui prêt à me vanger
Seul du haut de son Trône a droit de me juger.
Je tiens de lui le mien, non de la tyrannie.
Mais parmi des soupçons indignes de ma vie,
Je dois à ma famille, à tout l'Etat, à moi,
Le soin d'en garantir & ma gloire, & ma foi.

Fin du quatriéme Acte.

ACTE V.

SCENE PREMIERE.

MARIAMNE, ALCIME.

MARIAMNE.

A Quelle épreuve encor prétend-t-on me réduire ?

ALCIME.

Madame, c'est ici que je dois vous conduire,
J'en ai reçû moi-même un ordre exprès du Roi.
J'obéïs. Tout le reste est un secret pour moi.

MARIAMNE.

A prolonger mes maux, quelle haine obstinée
Suspend encor la mort où l'on ma condamnée ?
Pardonne-moi, Grand Dieu ! seul Juge souverain,
Si j'ai vû mon Arrêt avec un œil serain ;
Si je porte au tombeau l'orgueïl de ma naissance ;
Tu sçais que j'y descends avec mon innocence ;
Que mes jours ont coulé dans les pleurs, les regrets.
Je ne veux point percer tes augustes secrets ;
Mais le sang de Juda que l'injustice opprime
Va descendre du Trône, & faire place au crime.

SCENE II.

MARIAMNE, ALEXANDRE, ALCIME.

ALEXANDRE.

EN vain de votre mort on dresse les apprêts.
Pour défendre vos jours nos amis sont tout prêts,
Venés ; esperés tout de leur vaillante escorte.
Le Peuple, du Palais vient d'assieger la porte,
Et de vos ennemis jusqu'ici triomphans
Je sçaurai reprimer . . . .

MARIAMNE.

Non, je vous le défens.
Profités seulement, mon Fils, de ma disgrace.
Songés à prevenir le coup qui vous menace.
Il en est déja tems, le Roi trop inhumain
S'est aux plus grands excès applani le chemin.
Vous avés en ces lieux une fiere ennemie.
Tous mes malheurs, mon Fils, les crimes de sa vie
Lui font de votre perte une nécessité,
Et par elle à son gré l'orage est excité.
Que dis-je ? ici mon ame à soi-même renduë,
Porte dans l'avenir plus sûrement sa vûë.
Tous nos derniers momens sont des momens sacrés.
Je vois auprès des miens meurtris, & massacrés,
Et ma place, & la vôtre, osés la reconnoître.
S'il faut que le malheur du sang qui vous fit naître
Vous coûte les horreurs qu'il entraîne après soi,
Vivés digne de lui, mais mourés comme moi.

ALEXANDRE.

Ah! puisque jusques-là mon sort vous interesse,

Madame, ſuivés-moi, le tems, le peril preſſe.

MARIAMNE.

Ah! craignés pour vous même un dangereux effort.
Si l'on peut vous ſauver ce n'eſt que par ma mort.
Mon ſang ſeul peut du Roi calmer la violence.

SCENE III.

MARIAMNE, ALEXANDRE, ACHAS.

ACHAS.

AH! Prince, ſauvés-vous, le Roi par ſa préſence
A diſſipé les flots des Peuples mutinés,
Et déja contre-vous ſes ordres ſont donnés,
Il s'avance en ces lieux, & prêt à tout enfraindre....

MARIAMNE.

Dans les bras de la mort, Ciel! faut-il encor craindre?
Fuyés, mon Fils.

ALEXANDRE.

Moi, fuir! je benis ſon courroux.
Je ne puis vous vanger; mais je meurs avec vous,
Apprenons toutefois comment....

SCENE IV.

SCENE IV.

HERODE, MARIAMNE, ALEXANDRE, ALCIME, ACHAS.

HERODE.

Perfide, arrête.
Les mutins sont calmés. Tremble ici pour ta tête,
Et d'un même conseil les mouvemens suivis
Ainsi que de la Mere ordonneront du Fils.
Un pareil châtiment juste autant que funeste,
Du sang Asmonéen perdra tout ce qui reste.

MARIAMNE.

Joüissés en effet d'un si noble courroux,
Et perdés tous les noms & de Pere, & d'Epoux;
Je vois que dépoüillant une pitié secrete,
Aussi-bien que l'amour la nature est muette.
Barbare ... auprès de toi ton Fils est sans appui,
Te voilà maintenant, entre ta femme & lui,
Ose les regarder, ils vont perdre la vie.
Tu pâlis. Que crains-tu ? contente ton envie.
Hâte-toi. Mais apprends, que malgré ton courroux
Tu n'es en sûreté peut-être qu'entre nous.

HERODE.

Ciel! qu'entens-je ?

MARIAMNE.

Arme-toi d'un cœur inexorable.
Ta main en me perdant me devient secourable.
Plus ta rigueur s'accroît, & plus je la bénis

Quand tu tranches mes jours tous mes maux sont finis.
Je recueille le fruit de tes lâches adresses,
Et ta haine me sert bien mieux que tes tendresses.
La mort va séparer ce que le Ciel unit,
Lui-même il me fait grâce, & c'est toi qu'il punit.
C'est dans tes derniers coups son bras que je revere.
Si pourtant je me plains de ton arrêt severe,
Si j'emporte un regret des maux que tu me fis
On doit le pardonner, c'est l'interêt d'un fils.
Malheureux rejetton d'une union fatale!
Tu meurs, une maratre & superbe rivale
Doit avec ma dépoüille, enlever tous ces droits
Que t'acquiert à toi seul le sang de tant de Rois.
Toi, Ciel! pardonne-moi de si justes allarmes,
Et daigne à la nature accorder quelques larmes,
Foibles soulagemens d'une injuste rigueur.

HERODE.

Quels transports, tout à coup s'élevent dans mon cœur,
O Ciel! des pleurs si chers y rallument la flâme.
Embrassez-moi, mon Fils, & laissez-nous.

SCENE V.

HERODE, MARIAMNE.

HERODE.

Madame
Au point de me vanger expire mon courroux;
Mais aussi reprenez des sentimens plus doux.
C'est en vôtre faveur que je vous en conjure.

MARIAMNE.

Quel garant du retour que ta bouche me jure?

HERODE.

La rigueur quand on aime est un pesant fardeau.
Sur mes yeux la Justice avoit mis son bandeau,
L'Amour l'a déchiré. J'ai vû quetant de charmes
Objet de mon espoir le seroient de mes larmes.
De ton cruel espoir le juste châtiment
Loin de me soulager eût aigri mon tourment.
J'aurois pleuré ta mort comme ta perfidie.
Si par l'impunité ta vengeance enhardie
Te porte une autre fois à quelque trahison,
Use de tes rigueurs, & non pas du poison.
Il suffit avec moi que ta haine s'exprime.
Garde-toi de soüiller ta beauté par le crime,
Et sur mon cœur pour toi si long-tems combatu,
Autant que tes attraits, fais regner ta vertu.
En des jours plus serains ta vie est assurée,
Tu sçais combien toujours elle me fut sacrée,
Et quoique désormais il en puisse arriver,
Je mourrois mille fois pour te la conserver,
A tes moindres désirs la mienne est asservie.

MARIAMNE.

Toi cruel tu mourrois pour assûrer ma vie?
Non, non je te connois, & quoique sans retour
Ta haine est moins à craindre encor que ton amour.

HERODE.

Ciel! que prétend encor ta défiance injuste?

MARIAMNE.

Perfide!

HERODE.

Explique-toi.

MARIAMNE.

Quand tu craignois qu'Auguste,

HERODE.

Auguste.... Où tend ce reproche indiscret?
Ah! j'entens. Un ingrat a trahi mon secret,
Mes malheurs sont comblez.

MARIAMNE.

Dans quel erreur extrême,

HERODE.

Que sans perdre de tems on immole Soesme....
Tout est examiné.

MARIAMNE.

De quel courroux épris?...

HERODE.

Je sçai quel interêt, quel espoir l'a surpris.
Il n'eut point exposé ses jours, sa renommée,
La faveur de son Roi, s'il ne t'eût point aimée;
S'il n'eût cru que sensible à ses indignes feux;
Qu'infidele à ton tour....

MARIAMNE.

Que dis-tu malheureux?
Un cœur né dans le crime, & dans la tyrannie
Aisément sur autrui jette l'ignominie.

HERODE.

Ta perfidie ainsi redouble ton orgueil.
Mais déja l'un & l'autre ont creusé ton cercueil,
Et je veux qu'à ton crime on égale ta peine.
Dans son appartement, Gardes, qu'on la remene.

MARIAMNE.

De ton aspect du moins la mort va m'affranchir.
Adieu. Gardes-toi bien de te laisser fléchir.
Elle sort.

SCENE IV.

HERODE *seul.*

QU'allois-je faire ! ô Ciel sensible à ses allarmes
Je lui pardonnois tout, je cédois à ses larmes,
Lorsque dans le transport d'un courroux indiscret
Moi même j'ai surpris son funeste secret :
Soesme. . . Quel excès d'une honte éternelle ?
Mariamne l'aimoit, l'ingrat brûloit pour elle.
Sur son perfide cœur le mien est éclairé.

SCENE VII.

HERODE, ALCIME.

ALCIME.

PAr votre ordre déja Soesme est expiré.
Mais du Ciel en mourant, attestant la puissance
De la Reine, Seigneur, il a plaint l'innocence ;
Et des tourmens offerts redoutant peu l'aspect
A rendu de Tharés le reproche suspect,
Et son sang crie encor qu'on vous en avertisse.
Dût sur moi de mon Roi retomber la justice,
J'ose ouvrir des soupçons trop long tems retenus
Vos plus grands ennemis ne vous sont point connus.

HERODE.

Que prétens-tu me dire, après tant d'évidence ?

ALCIME.

Faites agir encor cette haute prudence
Qui du cœur des mortels perçant l'obscurité,
Sous mille affreux replis trouva la vérité,
De tant de noirs complots sçût découvrir la trame.
Mais le tems est pressant, Seigneur, & si votre ame....

HERODE.

Un équitable Arrêt traîne-t'il après soi
Ces secrets mouvemens qui me glacent d'effroi ?
Cher Alcime, va, cours, prens soin de le suspendre.
Qu'on appelle Tharés, je veux encor l'entendre.
Ciel! fais qu'en mes soupçons je puisse être éclairci,
Et s'il faut qu'en effet.... Il entre, le voici.

SCENE VIII.

HERODE TARES.

HERODE.

SI Mariamne meurt, c'est sur ton témoigage.
Ton rapport est-il vrai ? Je vois sur ton visage,
Le trouble, la pâleur compagne du remords.

THARE'S.

Seigneur me voila prêt à souffrir mille morts
Si....

HERODE.

Prépare-toi donc aux plus cruels supplices,
Et viens dans les tourmens déclarer tes complices.

THARE'S.

Contre un si grand courroux j'ose me rassurer,
Et de votre équité je dois tout espérer.

HERODE.

Tu te flâtes, je sens qu'injuste ou légitime
Ton supplice me va soulager.

THARE'S.

D'un tel crime
Moi l'auteur... Quels témoins...

HERODE.

Les larmes de ton Roi,
Le sang de l'innocence élevé contre toi,
Une sécrete voix.

THARE'S.

Le Ciel trop équitable,
Le Ciel vengeur...

HERODE.

Poursuis.

THARE'S.

Votre cri rédoutable...

HERODE.

Il s'égare.

THARE'S.

Salome... A qui j'avois promis...

HERODE.

Parle ....

THARE'S.

A conduit le crime, & moi je l'ai commis;
La Reine est innocente.

HERODE.

O projet trop funeste!
Monstre qu'épargne à tort la colere céleste,
Crains...

THARE'S.

Qui t'osa trahir meurt du moins sans effroi.
Il se frappe.

HERODE.

Malheureux tu te rends Justice.

THARE'S.

Imite-moi.

HERODE.

Ah traître à la vertu quand tu fais tant d'outrage
Est-ce à toi de mourir avec ce grand courage?
Qu'on l'ôte de mes yeux, & toi perfide sœur
Tu ne joüiras pas de ton crime.

SCENE DERNIERE.

HERODE, ALEXANDRE, ALCIME, ACHAS.

ALEXANDRE.

Ah! Seigneur,
Reprenez tout mon sang; je vous l'offre sans peine,
Ajoûtez mon supplice à celui de la Reine.

HERODE.

Où ta douleur, mon Fils, va-t-elle s'égarer?
La Reine vit encor.

ALEXANDRE.

Elle vient d'expirer.

HERODE.

Mariamne n'est plus?

ALEXANDRE.

Non, Seigneur, & la vie
Dans ce même Palais lui vient d'être ravie
Tandis que l'échafaut qu'on venoit d'élever
Tout un Peuple éperdu l'attend pour la sauver.

HERODE.

Satisfaits, tu le dois, le courroux qui t'enflâme,
Et méconnois ton Pere aux fureurs de son ame.

ALEXANDRE.

Ah ! je sçai trop sur qui doit tomber mon courroux,
Et quelque nœud sacré qui l'unisse avec vous...

HERODE.

Frappe, tranche une vie à ta douleur offerte.
J'ai fait mourir ta Mere..

ALEXANDRE.

Il faut vanger sa perte.

HERODE.

Vange-la sur moi seul. Au comble parvenus
Mes forfaits.

ALEXANDRE.

De sa mort les auteurs sont connus,
Vous entendés leurs noms dans les pleurs de Solyme.

HERODE.

Tu n'en dois qu'à moi seul imputer tout le crime.
Quel fatal ascendant m'en imposa la loi ?
Que dis-je ? c'est un crime entre le Ciel & moi,
Il en est le complice & pourtant il m'opprime.
J'entens gronder la foudre, il veut une victime....
Et moi-même frappé par d'invisibles coups
Je sens... ose achever, & remplis ton courroux...
Mais je ne suis pas seul l'objet de sa colere.
Esclave de tes Rois, trop soigneux de leur plaire,
Peuple, qui m'as livré toi-même ces Etats,
Ta lâche complaisance a fait mes attentats.
Mais, que dis-je ? un pouvoir de qui dépend le nôtre
Dans ses décrets cachés nous punit on par l'autre;

Le Sceptre de Juda remis entre mes mains
Annonce ta ruine au reste des humains,
Te presage sans fin de sanglantes disgraces,
Et l'opprobre passant à tes dernieres races,
Ce Trône mis en poudre, & le Temple détruit....

ALEXANDRE.

Vivés, & que bientôt la gloire qui vous suit.....

HERODE.

Au plus grands des forfaits je ne dois point survivre,
Si la Reine n'est plus, c'est à moi de la suivre.

ALEXANDRE.

Elle vous laisse un Fils, que percent vos douleurs
Permettés que sa main puisse essuyer vos pleurs.

HERODE.

Crois-tu me consoler dans ma douleur amere,
Quand tu m'offres la voix & les traits de ta Mere?
Non, rien ne peut calmer mon trouble & mon effroi,
Elle me suit par tout, je l'entens, je la vois,
Mon cœur est déchiré de ses clameurs funebres,
Elle fuit, & se perd dans l'horreur des ténébres.
Chere ombre! arrête, attends, je te remets mon sort.
Regarde un malheureux qui cherche ici la mort,
Qui d'un horrible jour fuit la clarté funeste,
Je viens de te l'ôter, sans toi je la déteste,
Souffre, que dans ces lieux rachetant mes forfaits,
J'expie auprès de toi les maux que je te faits.

Fin du cinquiéme & dernier Acte.

APPROBATION DE M. DE BOZE, *l'un des Quarante de l'Académie Françoise, & Secretaire perpétuel de celle des Belles-Lettres.*

J'Ai lû par ordre de Monseigneur le Garde des Sçeaux, *la Tragedie de MARIAMNE*, par M. l'Abbé NADAL, & je n'y ai rien trouvé qui me paroisse en devoir empêcher l'impression. Fait à Paris le *6.* Mars 1225.

GROS DE BOZE.

A PARIS,

De l'Imprimerie de JEAN-BAPTISTE LAMESLE, ruë des Noyers, à la Minerve.

LETTRE DE Mr TIRIOT A Mr L'ABBE' NADAL.

TOUT le monde admire, M. l'Abbé, la grandeur de votre courage, qui ne peut être ébranlé par les injustes sifflets, dont la cabale du public vous opprime depuis quarante ans. Pour châtier ce public séditieux, vous avez en même tems fait joüer votre Mariamne, & fait débiter votre Livre des Vestales; & pour dernier trait vous faites imprimer votre Tragedie.

Je viens de lire la Préface de cet inimitable Ouvrage; vous y dites beaucoup de bien de vous, & beaucoup de mal de M. de Voltaire & de moi. Je suis charmé de voir en vous tant d'équité & de modestie, & c'est ce qui m'engage à vous écrire avec confiance & avec sincerité.

Vous accusez M. de Voltaire d'avoir fait tomber votre Tragedie par une *brigue horrible & scandaleuse*. Tout le monde est de votre avis, Monsieur; personne n'ignore que M. de Voltaire a séduit l'esprit de tout Paris pour vous faire bafoüer à la première représentation, & pour empêcher le public de revenir à la seconde. C'est par ses menées & par ses intrigues qu'on entend dire si *scandaleusement* que vous êtes le plus mauvais Versificateur du siécle, & le plus ennuyeux Ecrivain. C'est lui qui a fait berner vos Vestales, vos Machabées, votre Saül & votre Herode: il faut avoüer que M. de Voltaire est un bien méchant homme, & que vous avez raison de le comparer à Neron, comme vous faites si à propos dans votre belle Preface.

Quelques personnes pourroient peut-être vous dire que la ressource des mauvais Poëtes, M. l'Abbé, a toujours été de se plaindre de la cabale; que Pradon votre Devancier accusoit M. Racine d'avoir fait tomber sa Phædre, & que de Brie à qui on prétend que vous ressemblez en tout si parfaitement,

Pour disculper ses œuvres insipides,
En accusoit & le froid & le chaud.

On pourroit ajoûter que personne ne peut avoir assez d'autorité pour empêcher le Public de prendre du plaisir à une Tragedie, & qu'il n'y a que l'Auteur qui puisse avoir ce credit; mais vous vous donnerez bien de garde d'écouter tous ces mauvais discours.

On dit même que ce n'est pas d'aujourd'hui que vous faites imprimer des Préfaces pleines d'injures à la tête de Tragedies sifflées. Quelques Curieux se souviennent qu'il y a deux ans vous imputâtes à M. de la Motte & à ses amis la chute d'un certain Antiochus, & que vous accusâtes Mademoiselle le Couvreur, qui representoit votre premier rôle, d'avoir mal joüé une fois en sa vie, de peur que vous ne fussiez aplaudi une fois en la vôtre.

Il est vrai pourtant, & j'en suis témoin, qu'à la première representation de votre Mariamne il y avoit une cabale dans le Parterre: elle étoit composée de plusieurs personnes de distinction de vos amis, qui pour 20 sols par tête étoient venus vous applaudir. L'un d'eux même presentoit publiquement des billets gratis à tout le monde; mais quelques-uns de ces Partisans ennuyez malheureusement de votre piece, rendirent publiquement l'argent en disant : Nous aimons mieux payer & sifler comme les autres.

Je vous épargne mille petits détails de cette espece, & je me hâte de répondre aux choses obligeantes que vous avez imprimées sur mon compte.

Vous dites que je suis intimement attaché à M. de Voltaire, & c'est à cela que je me suis reconnu. Oüi, Monsieur, je lui suis tendrement dévoüé par estime, par amitié, & par reconnoissance.

Vous dites que je recite ses vers souvent ; c'est là difference, M. l'Abbé, qui doit être entre les amis de M. de Voltaire & les vôtres, si vous en avez.

Vous m'appellez Facteur de bel esprit : je n'ai rien du bel esprit, je vous jure ; je n'écris en prose que dans les occasions pressantes, & jamais en vers, car on sait que je ne suis pas Poëte non plus que vous, mon cher Abbé.

Vous me reprochez de raporter à M. de Voltaire les avis du Public. J'avoüe que je lui apprens avec sincerité les critiques que j'entens faire de ses ouvrages, parce que je sai qu'il aime à se corriger, & qu'il ne répond jamais aux mauvaises satyres que par le silence, comme vous l'éprouvez heureusement, & aux bonnes critiques, que par une grande docilité.

Je croi donc lui rendre un vrai service, en ne lui celant rien de ce qu'on dit de ses productions. Je suis persuadé que c'est ainsi qu'il en faut user avec tous les Auteurs raisonnables ; & je veux bien même faire ici charité pour vous, ce que je fais souvent pat estime & par amitié pour lui.

Je ne vous cacherai donc rien de tout ce que j'entendois dire de vous, lorsqu'on joüoit votre Mariamne. Tous le monde y reconnut votre stile, & quelques mauvais Plaisants qui se ressouvenoient que vous étiez l'Auteur des Machabées, d'Herode & de Saül, disoient que vous aviez mis l'ancien Testament en vers burlesques ; ce qui est *véritablement horrible & scandaleux.*

Il y en avoit qui ayant apperçû les gens que vous aviez apostez dans le parterre pour vous applaudir, & les Archers que vous aviez mis en sentinelle dans le parterre, où ils étoient forcez d'entendre vos Vers, disoient :

Pauvre Nadal, à quoi bon tant de peine,
Tu serois bien sifflé sans tout cela :

d'autres citoient les Satyres de M. Rousseau, dans lesquelles vous tenez si dignement la place de l'Abbé Pic.

Enfin, Monsieur, il n'y avoit ni grand ni petit qui ne vous accablât de ridicule ; & moi qui suis naturellement bon, je sentois une vraye peine de voir un vieux Prêtre si indignement vilipendé par la multitude. J'en ai encore de la compassion pour vous, malgré les injures que vous me dites, & même malgré vos ouvrages ; & je vous assure que je suis du meilleur de mon cœur tout à vous, TIRIOT.

A Paris ce 20. Mars 1725.

Ma-
&
que
de
sta-
ent

ous
ir,
ans
vos

ans
obé

qui
u-
un
ri-
us,
al-
du

Osarphis cede le Trosne d'Egypte au Prince Amenophis.